YADAN
U0088405

雅典文化

小小一本，讓你輕・鬆・說韓語！

칵테일
卡貼衣兒
雞尾酒

좋아하세요?
兒 醜阿哈誰呦
你喜歡什麼？

어서 일어나야지.
喔搜 依囉那呀幾
快點起床了

안녕하세요.
安妞哈誰呦！
您好

我的菜韓文

基礎實用篇

雅典韓研所 企編

不會韓語40音
就不能說韓語嗎？

本書以時間做區分
提供八大學習單元

協助你在最短的時間內
熟悉一天生活中一定會講到的
基礎韓語

+MP3
附40音發音表

超強中文發音輔助！！

讓你立即講出道地的首爾腔韓語！

韓文字是由基本母音、基本子音、複合母音、氣音和硬音所構成。

其組合方式有以下幾種：

1.子音加母音，例如：저(我)
2.子音加母音加子音，例如：밤（夜晚）
3.子音加複合母音，例如：위（上）
4.子音加複合母音加子音，例如：관（官）
5.一個子音加母音加兩個子音，如：값（價錢）

簡易拼音使用方式：

1. 為了讓讀者更容易學習發音，本書特別使用「簡易拼音」來取代一般的羅馬拼音。
   規則如下，
   例如：
   그러면 우리 집에서 저녁을 먹자.
   geu.reo.myeon/u.ri/ji.be.seo/jeo.nyeo.geul/meok.jja
   ----------普遍拼音
   geu.ro*.myo*n/u.ri/ji.be.so*/jo*.nyo*.geul/mo*k.jja
   ------------簡易拼音
   那麼，我們在家裡吃晚餐吧！

   文字之間的空格以「/」做區隔。
   不同的句子之間以「//」做區隔。

基本母音：

Track 02

	韓國拼音	簡易拼音	注音符號
ㅏ	a	a	ㄚ
ㅑ	ya	ya	ㄧㄚ
ㅓ	eo	o*	ㄛ
ㅕ	yeo	yo*	ㄧㄛ
ㅗ	o	o	ㄡ
ㅛ	yo	yo	ㄧㄡ
ㅜ	u	u	ㄨ
ㅠ	yu	yu	ㄧㄨ
ㅡ	eu	eu	(ㄜ)
ㅣ	i	i	ㄧ

特別提示：

1. 韓語母音「ㅡ」的發音和「ㄜ」發音有差異，但嘴型要拉開，牙齒快要咬住的狀態，才發得準。
2. 韓語母音「ㅓ」的嘴型比「ㅗ」還要大，整個嘴巴要張開成「大O」的形狀，
   「ㅗ」的嘴型則較小，整個嘴巴縮小到只有「小o」的嘴型，類似注音「ㄡ」。
3. 韓語母音「ㅕ」的嘴型比「ㅛ」還要大，整個嘴巴要張開成「大O」的形狀，
   類似注音「ㄧㄛ」，「ㅛ」的嘴型則較小，整個嘴巴縮小到只有「小o」的嘴型，類似注音「ㄧㄡ」。

Track 03

基本子音：

	韓國拼音	簡易拼音	注音符號
ㄱ	g,k	k	ㄎ
ㄴ	n	n	ㄋ
ㄷ	d,t	d,t	ㄊ
ㄹ	r,l	l	ㄌ
ㅁ	m	m	ㄇ
ㅂ	b,p	p	ㄆ
ㅅ	s	s	ㄙ,(ㄒ)
ㅇ	ng	ng	不發音
ㅈ	j	j	ㄗ
ㅊ	ch	ch	ㄘ

特別提示：

1. 韓語子音「ㅅ」有時讀作「ㄙ」的音，有時則讀作「ㄒ」的音。「ㄒ」音是跟母音「ㅣ」搭在一塊時，才會出現。
2. 韓語子音「ㅇ」放在前面或上面不發音；放在下面則讀作「ng」的音，像是用鼻音發「嗯」的音。
3. 韓語子音「ㅈ」的發音和注音「ㄗ」類似，但是發音的時候更輕，氣更弱一些。

Track 04

氣音：

	韓國拼音	簡易拼音	注音符號
ㅋ	k	k	ㄎ
ㅌ	t	t	ㄊ
ㅍ	p	p	ㄆ
ㅎ	h	h	ㄏ

特別提示:

1. 韓語子音「ㅋ」比「ㄱ」的較重，有用到喉頭的音，音調類似國語的四聲。
   ㅋ＝ㄱ＋ㅎ
2. 韓語子音「ㅌ」比「ㄷ」的較重，有用到喉頭的音，音調類似國語的四聲。
   ㅌ＝ㄷ＋ㅎ
3. 韓語子音「ㅍ」比「ㅂ」的較重，有用到喉頭的音，音調類似國語的四聲。
   ㅍ＝ㅂ＋ㅎ

複合母音：

	韓國拼音	簡易拼音	注音符號
ㅐ	ae	e*	ㄝ
ㅒ	yae	ye*	ㄧㄝ
ㅔ	e	e	ㄟ
ㅖ	ye	ye	ㄧㄟ
ㅘ	wa	wa	ㄨㄚ
ㅙ	wae	we*	ㄨㄝ
ㅚ	oe	we	ㄨㄟ
ㅞ	we	we	ㄨㄟ
ㅝ	wo	wo	ㄨㄛ
ㅟ	wi	wi	ㄨㄧ
ㅢ	ui	ui	ㄜㄧ

特別提示：

1. 韓語母音「ㅐ」比「ㅔ」的嘴型大，舌頭的位置比較下面，發音類似「ae」；「ㅔ」的嘴型較小，舌頭的位置在中間，發音類似「e」。不過一般韓國人讀這兩個發音都很像。
2 .韓語母音「ㅒ」比「ㅖ」的嘴型大，舌頭的位置比較下面，發音類似「yae」；「ㅖ」的嘴型較小，舌頭的位置在中間，發音類似「ye」。不過很多韓國人讀這兩個發音都很像。
3. 韓語母音「ㅚ」和「ㅞ」比「ㅙ」的嘴型小些，「ㅙ」的嘴型是圓的；「ㅚ」、「ㅞ」則是一樣的發音。不過很多韓國人讀這三個發音都很像，都是發類似「we」的音。

硬音：

	韓國拼音	簡易拼音	注音符號
ㄲ	kk	g	ㄍ
ㄸ	tt	d	ㄉ
ㅃ	pp	b	ㄅ
ㅆ	ss	ss	ㄙ
ㅉ	jj	jj	ㄗ

特別提示：

1. 韓語子音「ㅆ」比「ㅅ」用喉嚨發重音，音調類似國語的四聲。
2. 韓語子音「ㅉ」比「ㅈ」用喉嚨發重音，音調類似國語的四聲。

*表示嘴型比較大

Chapter 1 早晨 15

Chapter 2 中午 66

Chapter 3 下午 83

Chapter 4 傍晚 114

Chapter 5 晚上 149

Chapter 6 假日 184

目
錄

Chapter 1
早晨

Unit 1

早晨起床

相關例句

오늘 일찍 일어났네요.
喔呢兒 衣兒寄 衣囉那內呦
o.neul/il.jjik/i.ro*.nan.ne.yo
你今天起得真早。

오늘 왜 이렇게 일찍 일어났어요?
喔呢 為 衣囉K 衣兒寄 衣囉那搜呦
o.neul/we*/i.ro*.ke/il.jjik/i.ro*.na.sso*.yo
你今天怎麼這麼早起床？

빨리 일어나요!
爸兒里 衣囉那呦
bal.li/i.ro*.na.yo
快點起床！

어서 일어나야지.
喔搜 依囉那呀幾
o*.so*/i.ro*.na.ya.ji
快點起床了。

일어나세요.
依囉那誰呦
i.ro*.na.se.yo
請起床。

알았어요. 이제 일어날게요.
阿拉搜呦 衣賊 衣囉那兒給呦
a.ra.sso*.yo//i.je/i.ro*.nal.ge.yo
我知道了，我要起床了。

어제 잘 잤어요?
喔賊 插兒 炸搜呦
o*.je/jal/jja.sso*.yo
昨天你睡得好嗎？

잘 잤니?
插兒 炸你
jal/jjan.ni
你睡得好嗎？

엄마, 안녕히 주무셨어요?
翁媽 安妞西 租目休搜呦
o*m.ma//an.nyo*ng.hi/ju.mu.syo*.sso*.yo
媽，早安！

오빠, 일어나세요. 아침 식사 준비됐어요.
喔爸 衣囉那誰呦 阿沁 系沙 尊逼腿搜呦
o.ba//i.ro*.na.se.yo//a.chim/sik.ssa/jun.bi.dwe*.sso*.yo
哥，快起床，早餐準備好了。

빨리 가서 세수하세요.
爸兒里 卡搜 誰酥哈誰呦
bal.li/ga.so*/se.su.ha.se.yo
快去洗臉。

아침 8시에 저를 좀 깨워 주십시오.
阿沁 呦豆兒西耶 醜惹 綜 給我 租西不休
a.chim/yo*.do*p.ssi.e/jo*.reul/jjom/ge*.wo/ju.sip.ssi.o
早上八點請叫我起床。

오늘은 지각하지 마세요.
喔呢愣 基卡卡基 媽誰呦
o.neu.reun/ji.ga.ka.ji/ma.se.yo
今天不要遲到了。

지금 일어나지 않으면 늦을 거예요.
基跟 衣囉那基 安呢謬恩 呢遮 狗耶呦
ji.geum/i.ro*.na.ji/a.neu.myo*n/neu.jeul/go*.ye.yo
現在不起床的話會遲到的。

다들 일어나세요!
他特兒 衣囉那誰呦
da.deul/i.ro*.na.se.yo
大家快起床。

지금 세수하러 갈게요.
基跟恩 誰酥哈囉 卡兒給呦
ji.geum/se.su.ha.ro*/gal.ge.yo
我現在去洗臉。

일찍 일어나지 않으면 수업에 늦을 거야.
衣兒寄 衣囉那基 安呢謬恩 酥喔杯 呢遮 狗呀
il.jjik/i.ro*.na.ji/a.neu.myo*n/su.o*.be/neu.jeul/go*.ya

不早點起床的話，上課會遲到的。

아침에 몇 시에 일어나요?
阿沁妹 謬 西耶 衣囉那呦
a.chi.me/myo*t/si.e/i.ro*.na.yo
你早上幾點起床？

相關詞彙

아침
阿沁
a.chim
早晨

일어나다
衣囉那答
i.ro*.na.da
站起來／起床

알람시계
阿兒郎西K
al.lam.si.gye
鬧鐘

깨우다
哥耶烏答
ge*.u.da
叫醒

相關例句

얘야, 세수는 했니?
耶呀 誰酥能 黑你
ye*.ya//se.su.neun/he*n.ni
孩子，你洗好臉了嗎？

화장실에 누구 있어?
花髒西累 努估 衣搜
hwa.jang.si.re/nu.gu/i.sso*
誰在廁所？

난 세수 하고 있어.
男 誰酥 哈溝 衣搜
nan/se.su/ha.go/i.sso*
我在洗臉。

비누가 어디 있더라?
匹努嘎 喔滴 衣豆拉
bi.nu.ga/o*.di/it.do*.ra
肥皂在哪裡啊？

빨리 세수하고 출근하세요.
爸兒里 誰酥哈溝 粗兒可那誰呦
bal.li/se.su.ha.go/chul.geun.ha.se.yo
快洗個臉去上班。

양치질 했어?
羊七基兒 黑搜
yang.chi.jil/he*.sso*
你刷牙了嗎？

일어나서 양치질하고 세수 해야지!
衣囉那搜 羊七基拉溝 誰酥 黑呀基
i.ro*.na.so*/yang.chi.jil.ha.go/se.su/he*.ya.ji
起床刷牙洗臉了！

그만 자고 일어나서 세수하고 양치질해요.
可慢 插溝 衣囉那搜 誰酥哈溝 羊七基累呦
geu.man/ja.go/i.ro*.na.so*/se.su.ha.go/yang.chi.jil.he*.yo
別再睡了，快起床刷牙洗臉。

相關詞彙

화장실
花髒西兒
hwa.jang.sil
廁所

세수하다
誰酥哈答
se.su.ha.da
洗臉

양치질하다
羊七幾拉答

yang.chi.jil.ha.da
刷牙／漱口

비누
匹努
bi.nu
肥皂

수건
酥孔
su.go*n
毛巾

닦다
踏答
dak.da
擦拭

칫솔
氣搜兒
chit.ssol
牙刷

치약
七亞
chi.yak
牙膏

化妝

相關例句

오늘 데이트가 있으니 화장해야 지.
喔呢 貼衣特嘎 衣思你 花髒黑呀 基
o.neul/de.i.teu.ga/i.sseu.ni/hwa.jang.he*.ya/ji
今天有約會要化妝才行。

나 오늘 화장 안 했어요.
那 喔呢 花髒 兒 黑搜呦
na/o.neul/hwa.jang/an/he*.sso*.yo
我今天沒化妝。

너 오늘 화장 안 했니?
樓 喔呢 花髒 安 黑你
no*/o.neul/hwa.jang/an/he*n.ni
你今天沒化妝啊？

오늘은 왜 화장 안 했어요?
喔呢愣 為 花髒 安 黑搜呦
o.neu.reun/we*/hwa.jang/an/he*.sso*.yo
你今天為什麼沒化妝？

저는 화장을 할 줄 몰라요.
醜能 花髒兒 哈兒 租兒 摸兒拉呦
jo*.neun/hwa.jang.eul/hal/jjul/mol.la.yo
我不會化妝。

아이라이너가 필요합니다.
阿衣拉衣樓嘎 匹溜憨你答
a.i.ra.i.no*.ga/pi.ryo.ham.ni.da
我需要眼線筆。

새로운 립스틱을 사야겠네요.
誰囉溫 里思替哥兒 沙呀給內呦
se*.ro.un/rip.sseu.ti.geul/ssa.ya.gen.ne.yo
我該買新的口紅了。

相關詞彙

화장품
花髒鋪恩
hwa.jang.pum
化妝品

파운데이션
怕溫貼衣熊
pa.un.de.i.syo*n
粉底霜

아이라이너
阿衣拉衣樓
a.i.ra.i.no*
眼線筆

마스카라
媽思喀拉
ma.seu.ka.ra
睫毛膏

립스틱
立不思替
rip.sseu.tik
口紅

볼터치
波兒偷氣
bol.to*.chi
腮紅

아이섀도우
阿衣誰豆烏
a.i.sye*.do.u
眼影

인조 눈썹
銀醜 努恩叟
in.jo/nun.sso*p
假睫毛

썬크림
松恩可領
sso*n.keu.rim
防曬乳

아이브로우 펜슬
阿依波囉烏 配恩捨兒
a.i.beu.ro.u/pen.seul
眉筆

눈썹뷰러
努恩叟踄U囉
nun.sso*p.byu.ro*
睫毛夾

브러쉬
波囉嘘
beu.ro*.swi
腮紅刷

분첩
鋪恩醜
bun.cho*p
粉撲

화장솜
花髒松
hwa.jang.som
化妝棉

클렌징 오일
可兒雷恩金 喔衣兒
keul.len.jing/o.il
卸妝油

Unit 4

吃早餐

相關例句

오늘 아침 메뉴는 뭐예요?
喔呢 阿沁 妹呢U能 摸耶喲
o.neul/a.chim/me.nyu.neun/mwo.ye.yo
今天的早餐是什麼？

아침 식사는 준비됐어요?
阿沁 系沙能 尊逼腿搜喲
a.chim/sik.ssa.neun/jun.bi.dwe*.sso*.yo
早餐準備好了嗎？

아침에 식사는 준비되었지만, 먹을 시간이 없었어요.
阿沁妹 系沙能 尊逼腿喔基慢 摸哥 吸乾你 喔搜搜喲
a.chi.me/sik.ssa.neun/jun.bi.dwe.o*t.jji.man//mo*.geul/ssi.ga.ni/o*p.sso*.sso*.yo
早上時餐點準備好了，但是沒有時間吃。

나는 아침식사 준비를 해야 해요.
那能 阿沁系沙 尊逼惹 黑呀 黑喲
na.neun/a.chim.sik.ssa/jun.bi.reul/he*.ya/he*.yo
我必須準備早餐。

아침을 먹읍시다.
阿沁悶兒 摸哥西答
a.chi.meul/mo*.geup.ssi.da
我們吃早餐吧。

저도 아침으로 토스트를 먹고 출근을 해요.
醜豆 阿沁們囉 透司特惹 摸溝 粗兒可呢兒 黑呦
jo*.do/a.chi.meu.ro/to.seu.teu.reul/mo*k.go/chul.geu.neul/he*.yo
我也是早餐先吃吐司再去上班的。

오늘 아침으로 우유와 토스트를 먹었어요.
喔呢兒 阿沁悶囉 烏U哇 透思特惹 摸狗搜呦
o.neul/a.chi.meu.ro/u.yu.wa/to.seu.teu.reul/mo*.go*.sso*.yo
我今天早餐吃了牛奶和土司。

오늘 아침은 무엇을 드셨나요?
喔呢 阿沁悶 目喔奢 特休那呦
o.neul/a.chi.meun/mu.o*.seul/deu.syo*n.na.yo
你今天早餐吃了什麼？

아침은 드셨나요?
阿沁悶 特休那呦
a.chi.meun/deu.syo*n.na.yo
你吃早餐了嗎？

아침 식사로 뭘 드시겠어요?
阿沁 系沙囉 摸兒 特西給搜呦
a.chim/sik.ssa.ro/mwol/deu.si.ge.sso*.yo
您早餐要吃什麼？

오늘은 김밥 먹자.
喔呢冷 可衣恩怕 摸炸
o.neu.reun/gim.bap/mo*k.jja
我們今天吃紫菜飯捲吧。

빨리 옷을 갈아입고 아침을 먹어라.
爸兒里 喔奢 卡拉衣溝 啊妻悶兒 摸狗拉
bal.li/o.seul/ga.ra.ip.go/a.chi.meul/mo*.go*.ra
快換好衣服吃早餐吧！

相關詞彙

아침식사
阿親系沙
a.chim.sik.ssa
早餐

점심식사
重恩新系沙
jo*m.sim.sik.ssa
午餐

저녁식사
醜妞系沙
jo*.nyo*k.ssik.ssa
晚餐

빵
棒恩
bang
麵包

잼
賊恩
je*m
果醬

토스트
透司特
to.seu.teu
土司

샌드위치
誰恩的烏衣氣
se*n.deu.wi.chi
三明治

햄버거
黑恩波狗
he*m.bo*.go*
漢堡

핫도그
哈豆可
hat.do.geu
熱狗

달걀
他兒個呀兒
dal.gyal
雞蛋

왕만두
王蠻吐
wang.man.du
包子

김밥
可衣恩爸
gim.bap
紫菜飯捲

삼각 김밥
三嘎 可衣恩爸
sam.gak/gim.bap
三角飯糰

우유
烏U
u.yu
牛奶

Unit 5

準備出門

相關例句

여보, 아침 잘 먹었어. 고마워.
呦波 阿沁 插兒 摸溝搜 口媽我
yo*.bo//a.chim/jal/mo*.go*.sso*//go.ma.wo
老婆，我早餐吃飽了，謝謝！

여보, 잘 다녀오세요.
呦波 插兒 他妞喔誰呦
yo*.bo//jal/da.nyo*.o.se.yo
老公，路上小心。

아빠, 즐거운 하루 되세요.
阿爸 遮兒溝溫 哈魯 腿誰呦
a.ba//jeul.go*.un/ha.ru/dwe.se.yo
爸爸，祝你今天愉快！

다녀오겠습니다.
他妞喔給森你答
da.nyo*.o.get.sseum.ni.da
我出門了。

학교 다녀올게요.
哈可呦 他妞喔兒給呦
hak.gyo/da.nyo*.ol.ge.yo
我去學校囉！

오늘 일찍 돌아와야 돼.
喔呢 衣兒寄 頭拉哇呀 腿
o.neul/il.jjik/do.ra.wa.ya/dwe*
今天要早點回家喔！

알았어요. 갈게요.
阿辣搜呦 卡兒給呦
a.ra.sso*.yo//gal.ge.yo
知道了，我走了。

민지야, 학교에 갈 시간이다.
民基呀 哈可呦耶 卡兒 西乾你答
min.ji.ya//hak.gyo.e/gal/ssi.ga.ni.da
旼志，該去學校了。

교과서는 다 챙겼어?
可呦誇搜能 他 疵耶恩可呦搜
gyo.gwa.so*.neun/da/che*ng.gyo*.sso*
教科書都帶了嗎？

안녕!
安妞
an.nyo*ng
拜拜！

잘 가.
插兒 卡
jal/ga
路上小心。

Unit 6

市場買菜

相關例句

사과 어떻게 팔아요?
沙瓜 喔豆K 怕拉呦
sa.gwa/o*.do*.ke/pa.ra.yo
蘋果怎麼賣?

한 근에 5000원입니다.
憨 跟耶 喔蔥我您你答
han/geu.ne/o.cho*.nwo.nim.ni.da
一斤五千韓元。

이거 어떻게 팔아요
衣狗 喔豆K 怕拉呦
i.go*/o*.do*.ke/pa.ra.yo
這個怎麼賣?

삼겹살 한 근만 주세요.
三可呦沙兒 憨 跟蠻 租誰呦
sam.gyo*p.ssal/han/geun.man/ju.se.yo
請給我一斤五花肉。

너무 비싸요. 좀 싸게 해 주세요.
樓目 匹沙呦 綜 沙給 黑 組誰呦
no*.mu/bi.ssa.yo//jom/ssa.ge/he*/ju.se.yo
太貴了，算便宜一點。

여기는 안 팔아요.
呦可衣能 安 怕拉呦
yo*.gi.neun/an/pa.ra.yo
這裡沒有賣。

비닐 봉지 하나 주실 수 있나요?
匹你兒 澎基 哈那 租西兒 酥 衣那呦
bi.nil/bong.ji/ha.na/ju.sil/su/in.na.yo
可以給我一個塑膠袋嗎？

이 게는 신선해요?
衣 K能 新松黑呦
i/ge.neun/sin.so*n.he*.yo
這螃蟹新鮮嗎？

相關詞彙

채소
此耶蒐
che*.so
蔬菜

여주
幽組
yo*.ju
苦瓜

미나리
米那里
mi.na.ri
芹菜

시금치
西跟氣
si.geum.chi
菠菜

당근
糖跟恩
dang.geun
紅蘿蔔

가지
卡幾
ga.ji
茄子

부추
鋪促
bu.chu
韭菜

브로콜리
波囉口兒里
beu.ro.kol.li
花椰菜

호박
齁怕
ho.bak
南瓜

고구마
口估馬
go.gu.ma
地瓜

오이
喔衣
o.i
小黃瓜

배추
陪促
be*.chu
白菜

양파
羊怕
yang.pa
洋蔥

생강
先恩港
se*ng.gang
生薑

고추
口促
go.chu
辣椒

피망
匹芒
pi.mang
青椒

무
木
mu
蘿蔔

감자
砍炸
gam.ja
馬鈴薯

송이
松衣
song.i
香菇

버섯
頗蒐
bo*.so*t
蘑菇

양배추
羊陪促
yang.be*.chu
高麗菜

콩나물
空那木兒
kong.na.mul
黃豆芽

옥수수
喔酥酥
ok.ssu.su
玉米

두부
吐鋪
du.bu
豆腐

토마토
偷馬偷
to.ma.to
番茄

돼지고기
腿雞狗可衣
dwe*.ji.go.gi
豬肉

닭고기
踏狗可衣
dal.go.gi
雞肉

양고기
羊狗可衣
yang.go.gi
羊肉

소고기
搜溝可衣
so.go.gi
牛肉

소시지
搜西幾
so.si.ji
香腸

베이컨
陪衣拱
be.i.ko*n
培根

갈비
卡兒匹
gal.bi
排骨

등심
疼新恩
deung.sim
里脊

뱀장어
陪恩髒喔
be*m.jang.o*
鰻魚

참치
餐恩氣
cham.chi
鮪魚

새우
誰烏
se*.u
蝦子

낙지
那幾
nak.jji
烏賊

오징어
喔金喔
o.jing.o*
魷魚

다시마
打西馬
da.si.ma
海帶

배
配
be*
梨子

바나나
爸那那
ba.na.na
香蕉

딸기
答兒可衣
dal.gi
草莓

레몬
雷夢恩
re.mon
檸檬

복숭아
鋪孫恩啊
bok.ssung.a
桃子

開車

相關例句

운전 조심해서 가세요.
溫宗 醜西美搜 卡誰呦
un.jo*n/jo.sim.he*.so*/ga.se.yo
開車小心喔！

어디에 주차해야 하죠?
喔滴耶 組擦黑呀 哈啾
o*.di.e/ju.cha.he*.ya/ha.jyo
我車該停在哪？

빨간불이다.
爸兒乾鋪里答
bal.gan.bu.ri.da
紅燈了。

근처에 주차장이 있습니까?
肯醜耶 組擦髒衣 依森你嘎
geun.cho*.e/ju.cha.jang.i/it.sseum.ni.ga
這附近有停車場嗎？

차가 많이 막히네요.
擦嘎 馬你 馬可衣內呦
cha.ga/ma.ni/ma.ki.ne.yo
交通真的很壅塞。

기름을 가득 채워 주세요.
可衣冷們兒 卡特 疵耶我 組誰呦
gi.reu.meul/ga.deuk/che*.wo/ju.se.yo
幫我把油加滿。

저는 초보운전입니다.
醜能 抽波溫總影你答
jo*.neun/cho.bo.un.jo*.nim.ni.da
我是開車新手。

오늘은 세차 좀 해야겠어요.
喔呢冷 誰擦 綜 黑呀給搜呦
o.neu.reun/se.cha/jom/he*.ya.ge.sso*.yo
今天該洗車了。

회사까지 태워 줄게요.
灰沙嘎基 貼我 租兒給呦
hwe.sa.ga.ji/te*.wo/jul.ge.yo
我載你到公司。

과속 단속 카메라에 찍힌 것 같아요.
誇搜 談嗽 卡妹拉耶 基可因 狗 卡踏呦
gwa.sok/dan.sok/ka.me.ra.e/jji.kin/go*t/ga.ta.yo
好像被違規超速相機拍到了。

자동차 정비소 어디에 있나요?
插東擦 寵匹搜 喔滴耶 衣那呦
ja.dong.cha/jo*ng.bi.so/o*.di.e/in.na.yo
修車廠在哪裡？

相關詞彙

운전하다
文宗那答
un.jo*n.ha.da
開車

자동차
炸東擦
ja.dong.cha
汽車

주차장
組擦掌
ju.cha.jang
停車站

주유소
組U搜
ju.yu.so
加油站

교통표지
可呦通匹呦幾
gyo.tong.pyo.ji
交通標誌

교통사고
可呦通沙狗
gyo.tong.sa.go
車禍

운전 면허증
溫宗 謬樓曾
un.jo*n/myo*n.ho*.jeung
駕駛執照

휴게소
呵UK搜
hyu.ge.so
休息站

백미러
配米囉
be*ng.mi.ro*
後視鏡

타이어
他衣喔
ta.i.o*
輪胎

트렁크
特囉可
teu.ro*ng.keu
車箱

上班

Track 14

相關例句

저 출근하겠습니다.
醜 粗兒可那給森你答
jo*/chul.geun.ha.get.sseum.ni.da
我去上班了。

좋은 아침입니다.
醜恩 阿氣敏你答
jo.eun a.chi.mim.ni.da
早安。

열심히 일하시네요.
呦兒西咪 衣拉西內呦
yo*l.sim.hi/il.ha.si.ne.yo
您工作很認真呢！

수고하셨어요.
酥口哈休搜呦
su.go.ha.syo*.sso*.yo
你辛苦了。

오늘 일찍 오셨네요.
喔呢 衣兒寄 喔休內呦
o.neul/il.jjik/o.syo*n.ne.yo
您今天很早來呢！

뭐 저한테 연락 온 것이라도 있어요?
摸 醜憨貼 庸辣 翁 狗西拉豆 衣搜呦
mwo/jo*.han.te/yo*l.lak/on/go*.si.ra.do/i.sso*.yo
有人要找我嗎？

제가 도와 드릴 일이 있습니까?
賊嘎 投哇 特里兒 衣里 衣森你嘎
je.ga/do.wa/deu.ril/i.ri/it.sseum.ni.ga
有我可以幫忙的嗎？

오늘 내 미팅이 언제죠?
喔呢 內 咪聽衣 翁賊糾
o.neul/ne*/mi.ting.i/o*n.je.jyo
今天我的會議是什麼時候？

사장님 미팅은 오후 3시에 있습니다.
沙髒濘 咪聽恩 喔呼 誰西耶 衣森你答
sa.jang.nim/mi.ting.eun/o.hu/se.si.e/it.sseum.ni.da
社長您的會議是下午3點。

오늘 회사 안건은 뭐죠?
喔呢 灰沙 安狗能 摸糾
o.neul/hwe.sa/an.go*.neun/mwo.jyo
今天公司的案件是什麼？

그분은 사무실에 언제 돌아오나요?
可鋪能 沙目西累 翁賊 投拉喔那呦
geu.bu.neun/sa.mu.si.re/o*n.je/do.ra.o.na.yo
他什麼時候會回辦公室？

여기에 서명을 해 주시겠어요?
呦可衣耶 搜謬恩兒 黑 租西給搜呦
yo*.gi.e/so*.myo*ng.eul/he*/ju.si.ge.sso*.yo
您可以在這裡簽名嗎？

회의가 취소되었어요.
灰衣嘎 催搜腿喔搜呦
hwe.ui.ga/chwi.so.dwe.o*.sso*.yo
會議取消了。

이것 좀 잠시 봐 줄래요?
喔狗 綜 禪西 怕 租兒累呦
i.go*t/jom/jam.si/bwa/jul.le*.yo
你可以稍微看一下這個嗎？

결정되면 바로 연락 드릴게요.
可呦兒終腿謬恩 怕囉 庸辣 特里兒給呦
gyo*l.jo*ng.dwe.myo*n/ba.ro/yo*l.lak/deu.ril.ge.yo
決定後會馬上聯絡你。

부장님께 물어보는 게 어때요?
鋪髒濘給 目囉波能 給 喔鐵呦
bu.jang.nim.ge/mu.ro*.bo.neun/ge/o*.de*.yo
去問問看部長如何？

제가 설명해 드릴게요.
賊嘎 搜兒謬恩黑 特里兒給呦
je.ga/so*l.myo*ng.he*/deu.ril.ge.yo
我來為您說明。

강 과장님, 잠깐 얘기 좀 할 수 있을까요?
扛 誇髒濘 禪乾 耶可衣 綜 哈兒 酥 衣捨嘎呦
gang/gwa.jang.nim//jam.gan/ye*.gi/jom/hal/ssu/i.sseul.ga.yo
姜課長，我們可以稍微談談嗎？

민혁 씨, 지금 바쁘세요?
民呵又 系 七跟 怕播誰呦
min.hyo*k/ssi//ji.geum/ba.beu.se.yo
民赫先生，你現在忙嗎？

가영 씨, 지금 내 사무실로 올 수 있어요?
卡庸 系 幾跟 內 沙木西兒囉 喔兒 酥 衣搜呦
ga.yo*ng/ssi//ji.geum/ne*/sa.mu.sil.lo/ol/su/i.sso*.yo
佳英小姐，你現在可以來我的辦公室嗎？

오늘 몇 시까지 일합니까?
喔呢兒 謬 西嘎幾 衣郎你嘎
o.neul/myo*t/si.ga.ji/il.ham.ni.ga
今天你上班到幾點？

이 자료들을 복사해 줄 수 있으세요?
衣 查溜的惹 鋪沙黑 組兒 酥 衣思誰呦
i/ja.ryo.deu.reul/bok.ssa.he*/jul/su/i.sseu.se.yo
可以幫我印這些資料嗎？

오늘 밤에 잔업을 할 수 있겠습니까?
喔呢兒 怕妹 禪喔笨兒 哈兒 酥 喔給森你嘎
o.neul/ba.me/ja.no*.beul/hal/ssu/it.get.sseum.ni.ga

今天晚上你可以加班嗎？

相關詞彙

회장
灰髒
hwe.jang
董事長

경리
可呦恩里
gyo*ng.ni
經理

이사
衣沙
i.sa
理事／董事

사장
沙髒
sa.jang
社長／總經理

주임
組衣恩
ju.im
主任

비서
匹搜

bi.so*
祕書

직원
幾果恩
ji.gwon
職員

회계사
灰K沙
hwe.gye.sa
會計

과장
誇髒
gwa.jang
課長

부장
鋪髒
bu.jang
部長

대리
貼里
de*.ri
代理

팀장
替恩髒
tim.jang
隊長／組長

회의실
灰衣西兒
hwe.ui.sil
會議室

사무실
沙木西兒
sa.mu.sil
辦公室

직무
寄木
jing.mu
職務

직위
幾軌
ji.gwi
職位

본사
朋沙
bon.sa
總公司

자회사
炸灰沙
ja.hwe.sa
子公司

부서
鋪搜
bu.so*
部門

업무부
喔木部
o*m.mu.bu
業務部

기획부
可衣灰部
gi.hwek.bu
企劃部

회계부
灰K部
hwe.gye.bu
會計部

판매부
盤妹部
pan.me*.bu
銷售部

홍보부
哄波部
hong.bo.bu
宣傳部

출근하다
粗兒可那答
chul.geun.ha.da
上班

퇴근하다
推可那答
twe.geun.ha.da
下班

잔업하다
禪喔怕答
ja.no*.pa.da
加班

Unit 9

上課

相關例句

안녕하세요, 선생님.
安妞哈誰呦 松先濘
an.nyo*ng.ha.se.yo//so*n.se*ng.nim
老師好。

자, 수업 시작합시다.
插 酥喔 西渣卡西答
ja//su.o*p/si.ja.kap.ssi.da
來，我們開始上課了。

선생님, 늦게 와서 죄송합니다.
松先濘 呢給 哇搜 璀松憨你答
so*n.se*ng.nim//neut.ge/wa.so*/jwe.song.ham.ni.da
老師，對不起我來晚了。

어제 낸 숙제는 다 해왔죠?
喔賊 雷恩 速賊能 他 黑哇救
o*.je/ne*n/suk.jje.neun/da/he*.wat.jjyo
昨天出的作業都寫完了吧？

교과서 25페이지를 펴세요.
可呦誇搜 衣西波配衣基惹 匹呦誰呦
gyo.gwa.so*/i.si.bo.pe.i.ji.reul/pyo*.se.yo

請翻到教科書25頁。

다음 페이지를 펴세요.
他恩 配衣基惹 匹呦誰呦
da.eum/pe.i.ji.reul/pyo*.se.yo
請翻到下一頁。

저 교과서를 안 가져 왔어요. 죄송합니다.
醜 可呦瓜搜惹 安 卡糾 哇搜呦 璀松憨你答
jo*/gyo.gwa.so*.reul/an/ga.jo*/wa.sso*.yo./jwe.
song.ham.ni.da
我沒有帶教科書，對不起。

다음 주에 시험이 있으니까 열심히 공부하세요.
他恩 租耶 西齁咪 衣思你嘎 呦兒西咪 空撲哈誰呦
da.eum/ju.e/si.ho*.mi/i.sseu.ni.ga/yo*l.sim.hi/
gong.bu.ha.se.yo
下星期有考試，請認真讀書。

이 질문에 대한 답이 뭘까요?
衣 基兒目內 貼憨 他逼 摸兒嘎呦
i/jil.mu.ne/de*.han/da.bi/mwol.ga.yo
這個題目的答案是什麼？

아는 사람 손 들어보세요.
阿能 沙郎 松 特囉波誰呦
a.neun/sa.ram/son/deu.ro*.bo.se.yo
知道的人請舉手。

수업 시간에 조용하세요.
酥喔 西乾耶 醜庸哈誰呦

su.o*p/si.ga.ne/jo.yong.ha.se.yo
上課時間請安靜。

아, 그 문제에 대한 답을 알겠어요.
阿 可 目恩賊耶 貼憨 他笨兒 啊兒給搜呦
a./geu/mun.je.e/de*.han/da.beul/al.ge.sso*.yo
啊！我知道那個問題的答案了。

앞으로는 늦지 마세요.
阿噴囉能 呢基 媽誰呦
a.peu.ro.neun/neut.jji/ma.se.yo
以後不要再遲到了。

자기 자리로 가세요.
插可衣 插里囉 卡誰呦
ja.gi/ja.ri.ro/ga.se.yo
請回去自己的座位。

칠판에 쓰세요.
妻兒盤耶 思誰呦
chil.pa.ne/sseu.se.yo
請寫在黑板上。

여기부터 읽으세요.
呦可衣鋪投 衣兒哥誰呦
yo*.gi.bu.to*/il.geu.se.yo
請從這裡開始念。

책을 덮으세요.
疵耶哥 投噴誰呦
che*.geul/do*.peu.se.yo
請把書闔上。

이 단어 뜻을 모르겠어요.
衣 談喔 的奢 摸了給搜呦
i/da.no*/deu.seul/mo.reu.ge.sso*.yo
我不懂這個單字的意思。

굉장히 잘했어요!
規髒西 插累搜呦
gweng.jang.hi/jal.he*.sso*.yo
你做得很棒!

사전을 사용하세요.
沙宗呢 沙庸哈誰呦
sa.jo*.neul/ssa.yong.ha.se.yo
請你查字典。

수업은 몇 시에 시작할까요?
酥喔笨恩 謬 西耶 西炸卡兒嘎呦
su.o*.beun/myo*t/si.e/si.ja.kal.ga.yo
幾點開始上課?

몇 학년이에요?
謬 哈妞你耶呦
myo*t/hang.nyo*.ni.e.yo
你幾年級?

영어 시험 결과가 나왔어요?
勇喔 西哄 可呦兒瓜嘎 那哇搜呦
yo*ng.o*/si.ho*m/gyo*l.gwa.ga/na.wa.sso*.yo
英語考試結果出來了嗎?

相關詞彙

유치원
U七我恩
yu.chi.won
幼稚園

초등학교
抽登哈個呦
cho.deung.hak.gyo
小學

중학교
尊哈個呦
jung.hak.gyo
國中

고등학교
口登哈個呦
go.deung.hak.gyo
高中

대학
貼哈
de*.hak
大學

대학원
貼哈果恩
de*.ha.gwon
研究所

선생님
松先恩濘
so*n.se*ng.nim
老師

교장
可呦髒
gyo.jang
校長（國小、國中、高中）

교수
可呦酥
gyo.su
教授

학생
哈斯耶恩
hak.sse*ng
學生

선배
松倍
so*n. be*
學長／學姊

후배
呼倍
hu.be*
學弟／學妹

양호실
羊鮈西兒
yang.ho.sil
保健室

기숙사
可衣速沙
gi.suk.ssa
宿舍

대강당
貼剛糖
de*.gang.dang
大禮堂

도서관
投搜管恩
do.so*.gwan
圖書館

캠퍼스
K耶恩波斯
ke*m.po*.seu
校園

체육관
賊U管恩
che.yuk.gwan
體育館

국어
苦狗
gu.go*
國語

영어
勇喔
yo*ng.o*
英語

수학
蘇哈
su.hak
數學

물리
木兒里
mul.li
物理

역사
又沙
yo*k.ssa
歷史

지리
幾里
mul.li
地理

출석하다
粗兒搜卡答
chul.so*.ka.da
出席

결석하다
可呦兒搜卡答
gyo*l.so*.ka.da
缺席

가르치다
卡了七答
ga.reu.chi.da
教導

배우다
陪烏答
be*.u.da
學習

전공
重拱恩
jo*n gong
主修

부전공
鋪重拱恩
bu.jo*n.gong
輔修

학점
哈種恩
hak jjo*m
學分

장학금
藏哈根恩
jang.hak.geum
獎學金

학생증
哈斯耶恩整
hak.sse*ng.jeung
學生證

교복
可呦跛
gyo.bok
校服

Chapter 2
中午

Unit 1
邀請一同用餐

相關例句

저하고 점심 식사하시겠어요?
醜哈溝 寵新恩 系沙哈西給搜呦
jo*.ha.go/jo*m.sim/sik.ssa.ha.si.ge.sso*.yo
你要和我一起吃午餐嗎？

그는 점심 식사하러 나갔습니다.
可能 寵新恩 系沙哈囉 那卡森你答
geu.neun/jo*m.sim/sik.ssa.ha.ro*/na.gat.sseum.ni.da
他去吃午飯了。

그럼 같이 점심 식사합시다.
可龍恩 卡器 寵新恩 系沙哈系答
geu.ro*m/ga.chi/jo*m.sim/sik.ssa.hap.ssi.da
那一起吃午餐吧！

우리 점심 식사 같이 할까요?
烏里 寵新恩 系沙 卡器 哈兒嘎呦
u.ri/jo*m.sim/sik.ssa/ga.chi/hal.ga.yo
我們一起吃午餐，好嗎？

점심 식사하러 나갑시다.
寵新恩 系沙哈囉 那卡西答
jo*m.sim/sik.ssa.ha.ro*/na.gap.ssi.da
一起出去吃午餐吧。

지금 막 뭘 좀 먹으러 나갈 참인데, 같이 가실래요?
基跟恩 罵 摸兒 綜 摸哥囉 那卡兒 擦民貼 卡器 卡西兒累呦
ji.geum/mak/mwol/jom/mo*.geu.ro*/na.gal/cha.min.de//ga.chi/ga.sil.le*.yo
我現在正要出去吃點東西，你要一起去嗎？

저는 벌써 먹었어요.
醜能 波兒搜 摸溝搜呦
jo*.neun/bo*l.sso*/mo*.go*.sso*.yo
我已經吃過了。

여기 들러서 뭐 좀 먹읍시다.
呦可衣 特囉搜 摸 綜 摸哥西答
yo*.gi/deul.lo*.so*/mwo/jom/mo*.geup.ssi.da
我們在這裡吃點東西吧。

점심으로 뭐 먹을래요?
寵新悶囉 摸 摸哥累呦
jo*m.si.meu.ro/mwo/mo*.geul.le*.yo
你午餐要吃什麼？

오늘 점심 뭐 먹고 싶습니까?
喔呢 寵新恩 摸 摸溝 西森你嘎
o.neul/jjo*m.sim/mwo/mo*k.go/sip.sseum.ni.ga
今天午餐你想吃什麼？

점심 뭐 먹었어요?
寵新 摸 摸溝搜呦

jo*m.sim/mwo/mo*.go*.sso*.yo
午餐你吃了什麼？

相關詞彙

식당
系當恩
sik.dang
餐館

밥
怕
bap
飯

국수
哭酥
guk.ssu
麵條

분식
鋪恩系
bun.sik
麵食

반찬
盤恩慘恩
ban.chan
小菜

수프
酥波
su.peu
湯

돌솥비빔밥
投兒搜匹冰怕
dol.sot.bi.bim.bap
石鍋拌飯

떡볶이
豆波個衣
do*k.bo.gi
辣炒年糕

순두부 찌개
酥恩督鋪 基給
sun.du.bu/jji.ge*
嫩豆腐鍋

김치찌개
可衣恩七基給
gim.chi.jji.ge*
泡菜鍋

삼계탕
三恩K躺
sam.gye.tang
蔘雞湯

김치볶음밥
可衣恩七頗跟恩爸
gim.chi.bo.geum.bap
泡菜炒飯

설렁탕
搜兒隆躺
so*l.lo*ng.tang
牛骨湯

칼국수
卡兒哭酥
kal.guk.ssu
刀切麵

라면
拉謬恩
ra.myo*n
泡麵

비빔냉면
匹冰內恩謬恩
bi.bim.ne*ng.myo*n
涼拌冷麵

Unit 2

用餐話題

相關例句

배고파 죽겠어요. 빨리 먹읍시다.

胚溝怕 處給搜呦 爸兒里 摸哥西答

be*.go.pa/juk.ge.sso*.yo//bal.li/mo*.geup.ssi.da

肚子餓死了，我們快點吃吧。

혼자서 뭘 먹고 있어요?

哄渣搜 摸兒 摸溝 衣搜呦

hon.ja.so*/mwol/mo*k.go/i.sso*.yo

你一個人在吃什麼？

맛이 어떻습니까?

媽西 喔豆森你嘎

ma.si/o*.do*.sseum.ni.ga

味道怎麼樣？

아주 맛있는데요.

阿租 媽西能貼呦

a.ju/ma.sin.neun.de.yo

很好吃耶！

좀 맵지만 맛있어요.

綜 妹基慢 媽西搜呦

jom/me*p.jji.man/ma.si.sso*.yo

雖然有點辣，但很好吃。

내 것도 먹어요.
內 狗豆 摸溝呦
ne*/go*t.do/mo*.go*.yo
也吃吃我的吧。

뭘 시킬까요?
摸兒 西可衣兒嘎呦
mwol/si.kll.ga.yo
要點什麼菜？

저는 비빔밥 시켰어요.
醜能 匹冰怕 西可呦搜呦
jo*.neun/bi.bim.bap/si.kyo*.sso*.yo
我點了拌飯。

이거 좀 먹어 보세요.
衣狗 綜 摸溝 波誰呦
i.go*/jom/mo*.go*/bo.se.yo
你吃吃看這個。

항상 그렇게 빨리 먹으세요?
夯商 可囉K 爸兒里 摸哥誰呦
hang.sang/geu.ro*.ke/bal.li/mo*.geu.se.yo
你總是吃得那麼快嗎？

너무 느끼한 요리는 좋아하지 않습니다.
樓目 呢可衣憨 呦里能 醜阿哈基 安森你答
no*.mu/neu.gi.han/yo.ri.neun/jo.a.ha.ji/
an.sseum.ni.da

我不喜歡太油膩的料理。

이건 제 입맛에 안 맞아요.
衣拱 賊 衣媽誰 安 媽炸呦
i.go*n/je/im.ma.se/an/ma.ja.yo
這個不合我的口味。

저는 단 것을 잘 먹습니다.
醜能 談 狗奢 插兒 摸森你答
jo*.neun/dan/go*.seul/jjal/mo*k.sseum.ni.da
我很愛吃甜的東西。

고기가 아주 연하군요.
口可衣嘎 阿租 勇哈苦妞
go.gi.ga/a.ju/yo*n.ha.gu.nyo
肉很軟耶！

저는 돼지고기를 못 먹어요.
醜能 腿基溝可衣惹 盟 摸溝呦
jo*.neun/dwe*.ji.go.gi.reul/mot/mo*.go*.yo
我不能吃豬肉。

이건 맛이 별로 없군요.
衣拱 媽西 匹呦兒囉 喔苦妞
i.go*n/ma.si/byo*l.lo/o*p.gu.nyo
這個不怎麼好吃耶！

이거 잘못 시켰어요. 맛없어요.
衣溝 插兒目 西可呦搜呦 媽豆不搜呦
i.go*/jal.mot/si.kyo*.sso*.yo//ma.do*p.sso*.yo
這個點錯了，不好吃。

相關詞彙

맛
罵
mat
味道

맵다
妹答
me*p.da
辣

달다
他兒答
dal.da
甜

짜다
渣答
jja.da
鹹

쓰다
思答
sseu.da
苦

시다
西答
si.da
酸

담백하다
談貝卡答
dam.be*.ka.da
清淡

새콤달콤하다
誰空他兒空哈答
se*.kom.dal.kom.ha.da
酸甜

신선하다
新松哈答
sin.so*n.ha.da
新鮮

超商購物

相關例句

저 앞에 편의점이 있네요.
醜 阿配 匹呦你醜咪 衣內呦
jo*/a.pe/pyo*.nui.jo*.mi/in.ne.yo
前面有一家便利商店耶！

모두 얼마예요?
摸度 喔兒媽耶呦
mo.du/o*l.ma.ye.yo
總共多少錢？

모두 팔천원입니다.
摸度 怕兒蔥我您你答
mo.du/pal.cho*.nwo.nim.ni.da
總共是八千韓元。

신용카드 되나요?
新庸卡的 腿那呦
si.nyong.ka.deu/dwe.na.yo
可以刷信用卡嗎？

영수증과 잔돈을 받으십시오.
庸酥爭瓜 禪豆呢兒 怕的吸不休
yo*ng.su.jeung.gwa/jan.do.neul/ba.deu.sip.ssi.o
請收下收據及零錢。

빨대 좀 주시겠어요?
爸兒鐵 綜 租西給搜呦
bal.de*/jom/ju.si.ge.sso*.yo
可以給我吸管嗎？

相關詞彙

담배
談恩貝
dam.be*
香菸

음료수
恩溜蘇
eum.nyo.su
飲料

과자
誇炸
gwa.ja
餅乾

24시간
衣系沙西感恩
i.sip.ssa.si.gan
24小時

休息聊天

相關例句

방금 뭐 먹었어요?
旁跟恩 摸 摸狗搜呦
bang.geum/mwo/mo*.go*.sso*.yo
你剛才吃了什麼？

매일 햄버거 먹는 게 지겨워요.
美衣兒 黑恩波溝 莫能 給 基可呦我呦
me*.il/he*m.bo*.go*/mo*ng.neun/ge/ji.gyo*.wo.yo
我厭倦了每天都吃漢堡。

배가 부르군요.
陪嘎 鋪了古妞
be*.ga/bu.reu.gu.nyo
吃飽了。

오늘 하루 종일 아무것도 안 먹었어요.
喔呢兒 哈路 中衣兒 阿木狗豆 安恩 摸狗搜呦
o.neul/ha.ru/jong.il/a.mu.go*t.do/an/mo*.go*.sso*.yo
我今天一整天都沒吃到東西。

좀 쉬어야 겠어요.
綜 須喔呀 給搜呦
jom/swi.o*.ya/ge.sso*.yo
我要休息一下了。

전 음식을 별로 가리지 않습니다.
重 恩西哥兒 匹呦兒囉 卡里基 安森你答
jo*n/eum.si.geul/byo*l.lo/ga.ri.ji/an.sseum.ni.da
我不太挑食。

점심은 주로 뭘 드십니까?
寵新悶恩 組囉 摸兒 特新你嘎
jo*m.si.meun/ju.ro/mwol/deu.sim.ni.ga
你午餐主要都吃什麼？

저는 다이어트 중입니다.
醜嫩 答衣喔特 尊影你答
jo*.neun/da.i.o*.teu/jung.im.ni.da
我在減肥。

어제 뭐 했어요?
喔賊 摸 黑搜呦
o*.je/mwo/he*.sso*.yo
你昨天在做什麼？

오늘 수업이 끝난 후에 뭐 할 거예요?
喔呢 酥喔逼 跟男 呼耶 摸 哈兒 溝耶呦
o.neul/ssu.o*.bi/geun.nan/hu.e/mwo/hal/go*.
ye.yo
今天下課後你要做什麼？

김 과장님 어디 가셨어요?
可衣恩 誇髒濘 喔滴 卡休搜呦
gim/gwa.jang.nim/o*.di/ga.syo*.sso*.yo
金課長去哪裡了？

오후에 중요한 회의가 있어요.
喔呼耶 尊呦憨 灰衣嘎 衣搜呦
o.hu.e/jung.yo.han/hwe.ui.ga/i.sso*.yo
下午有重要的會議。

더 얘기하고 싶지만 지금 회의 준비를 해야 돼요.
投 耶可衣哈溝 西基慢 基跟 灰衣 尊逼惹 黑呀 腿呦
do*/ye*.gi.ha.go/sip.jji.man/ji.geum/hwe.ui/jun.bi.reul/he*.ya/dwe*.yo
雖然想跟你再聊聊，但我現在要去準備開會的東西了。

저는 이따가 수학 시험이 있어요.
醜能 衣答嘎 酥哈 西鉤咪 衣搜呦
jo*.neun/i.da.ga/su.hak/si.ho*.mi/i.sso*.yo
我待會有數學的考試。

퇴근 후에 우리 술 한 잔 할까요?
推跟 呼耶 烏里 酥兒 憨 髒 哈兒嘎呦
twe.geun/hu.e/u.ri/sul/han/jan/hal.ga.yo
下班後我們去喝一杯，好嗎？

일이 너무 많아서 오늘 잔업을 해야 돼요.
衣里 樓目 蠻那搜 衣呢 禪喔播兒 黑呀 腿呦

i.ri/no*.mu/ma.na.so*/o.neul/jja.no*.beul/he*.ya/dwe*.yo
工作太多了，我今天得加班。

이건 편의점에서 산 빵이에요. 생각보다 맛있네요.
衣拱 匹呦你總妹搜 三 幫衣耶呦 先嘎波答 媽西內呦
i.go*n/pyo*.nui.jo*.me.so*/san/bang.i.e.yo//se*ng.gak.bo.da/ma.sin.ne.yo
這是在便利超商買得麵包，比我想像得要好吃耶！

Chapter 3
下午

Unit 1

開會

相關例句

오늘 회의에 참석해 주셔서 감사합니다.
喔呢 灰衣耶 參搜K 租休搜 砍殺憨你答
o.neul/hwe.ui.e/cham.so*.ke*/ju.syo*.so*/gam.sa.ham.ni.da
謝謝你參加今天的會議。

그럼 오늘의 회의를 시작하겠습니다.
可龍 喔呢耶 灰衣惹 西炸卡給森你答
geu.ro*m/o.neu.rui/hwe.ui.reul/ ssi.ja.ka.get.sseum.ni.da
那我們開始進行今天的會議。

회의 시작합시다.
灰衣 西炸卡西答
hwe.ui/si.ja.kap.ssi.da
我們開始開會吧。

이제 본론으로 들어갑니다.
衣賊 朋龍呢囉 特囉砍你答
i.je/bol.lo.neu.ro/deu.ro*.gam.ni.da
我們進入正題吧。

브리핑을 시작해 주십시오.
波里拼兒 西炸K 租西不休
beu.ri.ping.eul/ssi.ja.ke*/ju.sip.ssi.o
請開始你的簡報。

우리 좀 쉬었다가 15분 후에 다시 시작합시다.
烏里 綜 需喔答嘎 西播鋪恩 呼耶 他西 西炸卡西答
u.ri/jom/swi.o*t.da.ga/si.bo.bun/hu.e/da.si/si.ja.kap.ssi.da
我們休息一下，15分鐘後再繼續。

잠깐 실례하겠습니다.
禪恩乾 西兒累哈給森你答
jam.gan/sil.lye.ha.get.sseum.ni.da
對不起，失陪一下。

제가 좀 조사해 보겠습니다.
賊嘎 重 仇沙黑 頗給森你答
je.ga/jom/jo.sa.he*/bo.get.sseum.ni.da
我去調查一下。

좀더 구체적으로 설명해 주시겠습니까?
綜投 估疵耶走哥囉 搜兒謬恩黑 租西給森你嘎
jom.do*/gu.che.jo*.geu.ro/so*l.myo*ng.he*/ju.si.get.sseum.ni.ga
您可以再具體說明一下嗎？

저희도 그렇게 생각합니다.
醜西豆 可囉K 先恩嘎砍你答

jo*.hi.do/geu.ro*.ke/se*ng.ga.kam.ni.da
我們也是這麼想的。

죄송하지만 질문 하나 해도 될까요?
璀松哈幾慢 幾兒木恩 哈那 黑豆 腿兒嘎呦
jwe.song.ha.ji.man/jil.mun/ha.na/he*.do/dwel.ga.yo
對不起，我可以問個問題嗎？

뭐든지 질문하세요.
摸登基 基兒目哈誰呦
mwo.deun.ji/jil.mun.ha.se.yo
您盡量問。

우리 모두 동의합니다.
烏里 摸肚 同衣憨你答
u.ri/mo.du/dong.ui.ham.ni.da
我們都同意。

다시 한 번 설명해 주시겠습니까?
答西 憨 崩 搜兒謬恩黑 組西給森你嘎
da.si/han/bo*n/so*l.myo*ng.he*/ju.si.get.sseum.ni.ga
可以請您再說明一次嗎？

오늘은 여기까지입니다.
喔呢愣 呦可衣嘎幾影你答
o.neu.reun/yo*.gi.ga.ji.im.ni.da

今天就到這裡了。

제가 다시 연락드리겠습니다.
賊嘎 他西 庸辣特里給森你答
je.ga/da.si/yo*l.lak.deu.ri.get.sseum.ni.da
我會再連絡您。

이번 회의는 성공적이었습니다.
衣崩 灰衣能 松工走可衣喔森你答
i.bo*n/hwe.ui.neun/so*ng.gong.jo*.gi.o*t.sseum.ni.da
這次的會議開得很成功。

相關詞彙

협의 사항
呵呦逼 沙航
hyo*.bui sa.hang
議題

보고하다
波溝哈答
bo.go.ha.da
報告

제의하다
賊衣哈答
je.ui.ha.da
提議

지지하다
基基哈答
ji.ji.ha.da
支持／附議

발언하다
怕囉那答
ba.ro*n.ha.da
發言

투표하다
兔匹呦哈答
tu.pyo.ha.da
投票

표결하다
匹呦可呦拉答
pyo.gyo*l.ha.da
表決

찬성하다
餐松哈答
chan.so*ng.ha.da
贊成

부결하다
鋪可呦拉答
bu.gyo*l.ha.da
否決

相關例句

지금 한국시간은 몇 시예요?
幾跟 憨古西敢能 謬 西耶呦
ji.geum/han.guk.ssi.ga.neun/myo*t.ssi.ye.yo
現在韓國時間幾點?

언제쯤 서울에 도착할까요?
翁恩賊正 搜烏勒 投擦卡兒嘎呦
o*n.je.jjeum/so*.u.re/do.cha.kal.ga.yo
何時會到達首爾呢?

출발 시간을 확인하고 싶습니다.
粗兒爸兒 吸乾呢兒 花可衣那溝 西森你答
chul.bal/ssi.ga.neul/hwa.gin.ha.go/sip.seum.ni.da
我想確認出發的時間。

몇 시까지 체크인해야 합니까?
謬 西嘎幾 疵耶可銀黑呀 憨你嘎
myo*t/si.ga.ji/che.keu.in.he*.ya/ham.ni.ga
幾點以前要辦裡搭乘手續呢?

지금 탑승 수속을 할 수 있습니까?
基跟 他森 酥搜哥兒 哈兒 蘇 衣森你嘎
ji.geum/tap.sseung.su.so.geul/hal/ssu/it.sseum.ni.ga

現在可以辦理登機手續嗎？

짐은 몇 개입니까?
基們恩 謬 給影你嘎
ji.meun/myo*t/ge*.im.ni.ga
您有幾個行李？

창문 쪽으로 부탁합니다.
倉木恩 咒可囉 鋪他砍你答
chang.mun/jjo.geu.ro/bu.ta.kam.ni.da
我要靠窗的位子。

몇 번 탑승구입니까?
謬 崩 他森恩苦影你嘎
myo*t/bo*n/tap.sseung.gu.im.ni.ga
是幾號登機門？

이것은 제 항공권입니다.
衣狗神 賊 夯空果您你答
i.go*.seun/je/hang.gong.gwo.nim.ni.da
這是我的機票。

여기서 하루정도 더 지내고 싶지 않으세요?
呦可衣搜 哈路總恩投 投 基內溝 西基 安呢誰呦
yo*.gi.so*/ha.ru/jo*ng.do/do*/ji.ne*.go/sip.jji/
a.neu.se.yo
您不想在這裡多留一天嗎？

이 사장님, 만나 뵙게 되어 영광입니다.
衣 沙髒濘 蠻那 配給 腿喔 庸光影你答
i/sa.jang.nim//man.na/bwep.ge/dwe.o*/yo*ng.
gwang.im.ni.da
李社長，很榮幸能見到您。

相關詞彙

표를 예약하다
匹呦惹 耶呀卡答
pyo.reul/ye.ya.ka.da
訂票

표를 사다
匹呦惹 沙答
pyo.reul/ssa.da
買票

비자
匹炸
bi.ja
簽證

여권
呦果恩
yo*.gwon
護照

입국하다
依古卡答
ip.gu.ka.da
入境

현지시간
呵呦基西敢
hyo*n.ji.si.gan
當地時間

짐을 부치다
幾們兒 鋪妻答
ji.meul/bu.chi.da
拖運

공항
空航
gong.hang
機場

출발 시간
粗兒爸兒 吸乾
chul.bal/ssi.gan
起飛時間

도착 시간
投擦 吸乾
do.chak/si.gan
抵達時間

Unit 3

圖書館

相關例句

국립중앙도서관은 어떻게 갑니까?
苦力尊骯投搜管能 喔豆K 砍你嘎
gung.nip.jjung.ang.do.so*.gwa.neun/o*.do*.ke/gam.ni.ga
國立中央圖書館要怎麼去？

다음 주 시험이 있는데 같이 도서관에서 공부할까요?
他恩 租 西齁咪 衣能貼 卡器 投搜管內搜 工鋪哈兒嘎呦
da.eum/ju/si.ho*.mi/in.neun.de/ga.chi/do.so*.gwa.ne.so*/gong.bu.hal.ga.yo
下個星期有考試，要不要一起去圖書館讀書？

이 책을 빌리고 싶습니다.
衣 疵耶哥兒 匹兒里溝 西森你答
i/che*.geul/bil.li.go/sip.sseum.ni.da
我想借這本書。

며칠 동안 빌릴 수 있습니까?
謬妻兒 同安 匹兒里兒 蘇 依森你嘎
myo*.chil/dong.an/bil.lil/su/it.sseum.ni.ga
可以借幾天？

이주 동안 빌릴 수 있습니다.
衣租 同安 匹兒里兒 酥 衣森你答
i.ju/dong.an/bil.lil/su/it.sseum.ni.da
可以借兩個星期。

한국어 회화책을 찾고 있는데 어디에 있습니까?
憨估狗 灰花疵耶歌兒 擦溝 衣能貼 喔滴耶 衣森你嘎
han.gu.go*/hwe.hwa.che*.geul/chat.go/in.neun.de/o*.di.e/it.sseum.ni.ga
我在找韓國語會話書，請問在哪裡？

다다음 주 월요일까지 반납해 주세요.
他他恩 租 我溜衣兒嘎基 盤那配 租誰呦
da.da.eum/ju/wo.ryo.il.ga.ji/ban.na.pe*/ju.se.yo
請在下下個星期一歸還。

도서관 개방시간이 어떻게 되나요?
投搜管恩 給幫吸乾衣 喔豆K 腿那呦
do.so*.gwan/ge*.bang.si.ga.ni/o*.do*.ke/dwe.na.yo
圖書館的開放時間是何時？

한 번에 책은 몇 권까지 빌릴 수 있습니까?
憨 崩耶 疵耶跟 謬 果恩嘎幾 匹兒里兒 蘇 衣森你嘎
han.bo*.ne/che*.geun/myo*t/gwon.ga.ji/bil.lil/su/it.sseum.ni.ga
一次可以借幾本書？

도서관 회원증을 보여 주세요.
投搜管恩 灰我恩曾兒 波呦 組誰呦
do.so*.gwan/hwe.won.jeung.eul/bo.yo*/ju.se.yo
請出示圖書館借書證。

반납일을 지키지 못하면 다음 번에는 빌릴 수 없습니다.
盤那逼惹 基可衣基 摸他謬恩 他恩 崩耶能 匹兒里兒 酥 喔森你答
ban.na.bi.reul/jji.ki.ji/mo.ta.myo*n/da.eum/bo*.ne.neun/bil.lil/su/o*p.sseup.ni.da
如果沒遵守還書日，下次就不能借書了。

相關詞彙

문학
木恩哈
mun.hak
文學

과학
誇哈
gwa.hak
科學

예술
耶穌兒
ye.sul
藝術

생활
先恩花兒
se*ng.hwal
生活

고전
口總恩
go.jo*n
古典

현대
呵呦恩貼
hyo*n.de*
現代

서적
搜走
so*.jo*k
書籍

저자
醜炸
jo*.ja
作者

역자
呦炸
yo*k.jja
譯者

표제
匹呦賊
pyo.je
書名／標題

목차
木插
mok.cha
目錄

머리말
摸里媽兒
mo*.ri.mal
前言

신문
新木恩
sin.mun
報紙

소설
搜搜兒
so.so*l
小說

잡지
雜己
jap.jji
雜誌

만화
蠻花
man.hwa
漫畫

사전
沙總恩
sa.jo*n
字典

동화책
同花疵耶
dong.hwa.che*k
童書

여행책
呦黑恩疵耶
yo*.he*ng.che*k
旅遊書

백과사전
陪誇沙總恩
be*k.gwa.sa.jo*n
百科全書

Unit 4

下午茶

相關例句

우리 심심한데 케이크나 먹으러 갈까요?
烏里 新西蠻鐵 K衣可那 摸哥囉 卡兒嘎呦
u.ri/sim.sim.han.de/ke.i.keu.na/mo*.geu.ro*/gal.ga.yo
反正也沒事，我們去吃蛋糕好嗎？

맛있는 케이크 집 추천해 주세요.
媽西能 K衣可 基 粗蔥內 租誰呦
ma.sin.neun/ke.i.keu/jip/chu.cho*n.he*/ju.se.yo
請推薦好吃的蛋糕店給我。

이 집에서 제일 인기 있는 케이크는 뭐예요?
衣 基貝搜 賊衣兒 因可衣 衣能 K衣可能 摸耶呦
i/ji.be.so*/je.il/in.gi/in.neun/ke.i.keu.neun/mwo.ye.yo
這家店最受歡迎的蛋糕是什麼？

이 근처엔 분위기가 좋은 케이크 집이 있어요?
衣 肯抽耶恩 鋪恩烏衣可衣嘎 醜恩 K衣可 基逼 衣搜呦
i/geun.cho*.en/bu.nwi.gi.ga/jo.eun/ke.i.keu/ji.bi/i.sso*.yo
這附近有氣氛不錯的蛋糕店嗎？

이 케이크는 너무 달지 않고 맛있네요.
衣 K衣可能 樓目 他兒基 安口 媽西內呦
i/ke.i.keu.neun/no*.mu/dal.jji/an.ko/ma.sin.ne.yo
這個蛋糕不會很甜很好吃耶！

마실 것은 뭘로 하시겠습니까?
馬西兒 狗神 摸兒囉 哈西給森你嘎
ma.sil/go*.seun/mwol.lo/ha.si.get.sseum.ni.ga
您的飲料要喝什麼？

아이스커피 큰 컵 한 잔 주세요.
阿衣思口匹 坑 口不 憨 髒 組誰呦
a.i.seu.ko*.pi/keun/ko*p/han/jan/ju.se.yo
給我一杯大杯的冰咖啡。

초콜릿 아이스크림을 주세요.
抽口兒里 阿衣思可里們兒 組誰呦
cho.kol.lit/a.i.seu.keu.ri.meul/jju.se.yo
請給我巧克力冰淇淋。

딸기 와플로 주세요.
答兒可衣 哇波兒囉 租誰呦
dal.gi/wa.peul.lo/ju.se.yo
請給我草莓鬆餅。

커피라떼 있나요?
口匹拉貼 衣那呦
ko*.pi.ra.de/in.na.yo
有咖啡拿鐵嗎？

핫 초코 한 잔 주세요.
哈 醜口 憨 髒組誰呦
hat/cho.ko/han/jan/ju.se.yo
請給我一杯熱可可。

어떤 커피를 드릴까요?
喔東 口匹惹 特里兒嘎呦
o*.do*n/ko*.pi.reul/deu.ril.ga.yo
您要哪種咖啡呢？

오렌지 주스 한 잔 주세요.
喔雷恩幾 組思 憨 髒 組誰呦
o.ren.ji/ju.seu/han/jan/ju.se.yo
請給我一杯柳橙汁。

과일 빙수 하나 주세요.
誇衣兒 拼酥 哈那 租誰呦
gwa.il/bing.su/ha.na/ju.se.yo
請給我一個水果刨冰。

초콜렛 선데이 하나 주세요.
抽口兒累 松貼衣 哈那 組誰呦
cho.kol.let/so*n.de.i/ha.na/ju.se.yo
請給我一個巧克力聖代。

푸딩 하나 주세요.
鋪丁 哈那 組誰呦
pu.ding/ha.na/ju.se.yo
請給我一個布丁。

相關詞彙

케이크 뷔페
K衣可 鋪烏衣配
ke.i.keu/bwi.pe
自助式蛋糕店

커피숍
口匹秀
ko*.pi.syop
咖啡館

무스케이크
木思K衣可
mu.seu.ke.i.keu
慕斯蛋糕

치즈케이크
七紙K衣可
chi.jeu.ke.i.keu
起司蛋糕

아이스크림
阿衣思可令
a.i.seu.keu.rim
冰淇淋

팝콘
怕孔恩
pap.kon
爆米花

젤리
賊兒里
jel.li
果凍

슈크림
思U可令
syu.keu.rim
泡芙

아이스바
阿衣思怕
a.i.seu.ba
冰棒

푸딩
鋪丁
pu.ding
布丁

빙수
冰酥
bing.su
刨冰

짠크래커
沾可累口
jjan.keu.re*.ko*
鹹餅乾

단크래커
彈可累口
dan.keu.re*.ko*
甜餅乾

녹차
弄擦
nok.cha
綠茶

홍차
哄擦
hong. cha
紅茶

우롱차
烏龍擦
u.rong.cha
烏龍茶

국화차
哭誇擦
gu.kwa.cha
菊花茶

자스민차
扎思民擦
ja.seu.min.cha
茉莉花茶

장미꽃차
藏咪狗擦
jang.mi.got.cha
玫瑰茶

카푸치노커피
卡鋪七樓口屁
ka.pu.chi.no.ko*.pi
卡布其諾咖啡

블랙커피
波兒累口屁
beul.le*k.ko*.pi
黑咖啡

모카커피
摸卡口屁
mo.ka.ko*.pi
摩卡咖啡

주스
住思
ju.seu
果汁

콜라
口兒拉
kol.la
可樂

사이다
沙衣答
sa.i.da
汽水

스프라이트
思波拉衣特
seu.peu.ra.i.teu
雪碧

逛街

Track 24

相關例句

우리 쇼핑하러 갈까요?
烏里 休拼哈囉 卡兒嘎呦
u.ri/syo.ping.ha.ro*/gal.ga.yo
我們去逛街好嗎？

지금 한가한데 백화점에 갈까요?
基跟恩 憨嘎寒貼 配誇走妹 卡兒嘎呦
ji.geum/han.ga.han.de/be*.kwa.jo*.me/gal.ga.yo
現在沒事，我們去百貨公司好嗎？

갈만한 쇼핑몰 추천 좀 해주세요.
卡兒蠻憨 休拼摸兒 粗蔥 綜 黑租誰呦
gal.man.han/syo.ping.mol/chu.cho*n/jom/he*.ju.se.yo
請推薦值得一去的購物場所。

영화를 본 후에 쇼핑하러 갑시다.
庸花惹 朋 呼耶 休拼哈囉 卡西答
yo*ng.hwa.reul/bon/hu.e/syo.ping.ha.ro*/gap.ssi.da
看完電影後我們去逛街吧。

괜찮은 쇼핑몰을 소개해 주세요.
魁餐恩 休拼摸惹 搜給黑 組誰呦

gwe*n.cha.neun/syo.ping.mo.reul/sso.ge*.he*/ju.se.yo
請介紹不錯的購物場所給我。

어느 쇼핑몰이 세일하고 있습니까?
喔呢 休拼恩摸里 誰衣拉溝 依森你嘎
o*.neu/syo.ping.mo.ri/se.il.ha.go/it.sseum.ni.ga
哪家購物場所在打折？

싼 옷은 어디서 살 수 있나요?
三 喔神 喔滴搜 沙兒 蘇 衣那呦
ssan/o.seun/o*.di.so*/sal/ssu/in.na.yo
便宜的衣服在哪裡買呢？

이 부근에 슈퍼마켓이 있나요?
衣 鋪可內 休波媽K西 衣那呦
i/bu.geu.ne/syu.po*.ma.ke.si/in.na.yo
這附近有超市嗎？

이 상품은 언제까지 세일을 하죠?
衣 桑鋪悶 翁賊嘎幾 誰衣惹 哈救
i/sang.pu.meun/o*n.je.ga.ji/se.i.reul/ha.jyo
這商品打折到什麼時候？

마음껏 둘러보세요.
媽恩狗 兔兒囉波誰呦
ma.eum.go*t/dul.lo*.bo.se.yo
請盡情觀賞。

천천히 골라 주세요.
匆匆西 口兒拉 組誰呦
cho*n.cho*n.hi/gol.la/ju.se.yo
請慢慢（盡情）挑選。

서점은 3층에 있습니다.
搜總悶 三層耶 衣森你答
so*.jo*.meun/sam.cheung.e/it.sseum.ni.da
書店在三樓。

그냥 구경 하는 것 뿐입니다.
可釀 苦個呦恩 哈能 狗 鋪您你答
geu.nyang/gu.gyo*ng/ha.neun/go*t/bu.nim.ni.da
我只是看看而已。

이 앞에 롯데백화점이 있습니다.
衣 阿配 樓貼配誇總咪 依森你答
i/a.pe/rot.de.be*.kwa.jo*.mi/it.sseum.ni.da
前面有樂天百貨公司。

그것은 몇 층에 있을까요?
可溝神 謬 稱耶 衣奢嘎呦
geu.go*.seun/myo*t/cheung.e/i.sseul.ga.yo
那個在幾樓？

다른 브랜드가 있나요?
他冷 波雷恩的嘎 衣那呦
da.reun/beu.re*n.deu.ga/in.na.yo
有別的品牌嗎？

이것 공짜인가요?
衣狗 工炸影嘎呦
i.go*t/gong.jja.in.ga.yo
這是免費的嗎？

相關詞彙

상점
桑總
sang.jo*m
商店

가게
卡給
ga.ge
商店

백화점
配誇總
be*.kwa.jo*m
百貨公司

쇼핑몰
休拼摸兒
syo.ping.mol
購物中心

슈퍼마켓
休波媽K
syu.po*.ma.ket
超級市場

상가
桑卡
sang.ga
商業街

노점
樓總
no.jo*m
攤販

옷 가게
喔 卡給
ot/ga.ge
服飾店

구두점
苦吐總
gu.du.jo*m
皮鞋店

보석점
波搜總
bo.so*k.jjo*m
珠寶店

시계점
西K總
si.gye.jo*m
鐘錶店

안경집
安可呦恩寄
an.gyo*ng.jip
眼鏡行

여성복
呦松恩鋪
yo*.so*ng.bok
女裝

남성복
男松恩鋪
nam.so*ng.bok
男裝

아동복
阿通鋪
a.dong.bok
童裝

식품관
系鋪恩管恩
sik.pum.gwan
食品館

생활 용품
先恩花兒 勇鋪恩
se*ng.hwal/yong.pum
生活用品

스포츠 용품
思波資 勇鋪恩
seu.po.cheu/yong.pum
體育用品

영업
勇喔
yo*ng.o*p
營業

폐점
配總
pye.jo*m
打烊

고르다
口了答
go.reu.da
挑選

구경하다
苦可呦哈答
gu.gyo*ng.ha.da
觀賞

Chapter 4
傍晚

下班／下課

相關詞彙

이제 퇴근해도 좋습니다.
衣賊 推跟黑豆 醜森你答
i.je/twe.geun.he*.do/jo.sseum.ni.da
現在你可以下班了。

그만하고 우리 퇴근 합시다.
可慢哈溝 烏里 推跟 哈西答
geu.man.ha.go/u.ri/twe.geun/hap.ssi.da
做這裡就好，我們下班吧。

왜 퇴근 안 하세요?
威 推跟 安 哈誰呦
we*/twe.geun/an/ha.se.yo
你怎麼不下班呢？

오늘은 또 10시까지 잔업을 해야 합니다.
喔呢愣 豆 呦兒西嘎基 纏喔波兒 黑呀 憨你答
o.neu.reun/do/yo*l.si.ga.ji/ja.no*.beul/he*.ya/ham.ni.da
今天又要加班到10點了。

저녁식사 시간이 되었네요. 밥 먹으러 갑시다.
醜妞系沙 西乾你 腿喔內呦 怕 摸哥囉 卡西答

jo*.nyo*k.ssik.ssa/si.ga.ni/dwe.o*n.ne.yo//bap/mo*.geu.ro*/gap.ssi.da
已經到了晚餐時間了耶！我們去吃飯吧。

지금 막 수업이 끝났어요.
基跟恩 罵 酥喔逼 跟那搜呦
ji.geum/mak/su.o*.bi/geun.na.sso*.yo
我現在剛下課。

수업이 끝난 후엔 무엇을 하나요?
酥喔逼 跟男 呼耶恩 目喔奢 哈那呦
su.o*.bi/geun.nan/hu.en/mu.o*.seul/ha.na.yo
下課後你要做什麼？

수업이 끝나면 바로 거기로 갈 거예요.
酥喔逼 跟那謬恩 怕囉 口可衣囉 卡兒 溝耶呦
su.o*.bi/geun.na.myo*n/ba.ro/go*.gi.ro/gal/go*.ye.yo
我下課後會馬上過去那裡。

제 수업이 끝날 때까지 기다려 주시겠어요?
賊 酥喔逼 跟那兒 貼嘎基 可衣答溜 租西給搜呦
je/su.o*.bi/geun.nal/de*.ga.ji/gi.da.ryo*/ju.si.ge.sso*.yo
可以等我下課嗎？

언제 수업이 끝나요?
翁賊 酥喔逼 跟那呦
o*n.je/su.o*.bi/geun.na.yo

你什麼時候下課？

오늘은 수업이 늦게 끝났어요.
喔呢愣 酥喔逼 呢給 跟那搜呦
o.neu.reun/su.o*.bi/neut.ge/geun.na.sso*.yo
今天比較晚下課。

相關詞彙

근무 시간
肯木 吸敢
geun.mu/si.gan
工作時間

휴게 시간
呵UK 吸敢
hyu.ge/si.gan
休息時間

일근
衣兒肯恩
il.geun
日班

야근
呀肯恩
ya.geun
夜班

교대제
可呦貼賊
gyo.de*.je
輪班制

공휴일
空呵U衣兒
gong.hyu.il
公休日

수업 시간
蘇喔 吸敢
su.o*p/si.gan
上課時間

자습 시간
炸森 吸敢
ja.seup/si.gan
自習時間

수업 시작하다
蘇喔 吸炸卡答
su.o*p/si.ja.ka.da
上課

수업을 마치다
蘇喔波兒 媽七答
su.o*.beul/ma.chi.da
下課

離別

相關例句

그럼 전 먼저 갈게요.
可龍 重 盟走 卡兒給呦
geu.ro*m/jo*n.mo*n/jo*.gal.ge.yo
那我先走了。

내일 봐요.
內衣兒 怕呦
ne*.il/bwa.yo
明天見。

다음에 또 만나요.
她恩妹 豆 蠻那呦
da.eu.me/do/man.na.yo
下次再見。

살펴 가십시오.
沙兒匹呦 卡西不休
sal. pyo*/ga. sip. ssi. o
請慢走。

운전 조심해서 가세요.
溫總 醜欣妹搜 卡誰呦
un.jo*n/jo.sim.he*.so*/ga.se.yo
開車小心喔！

이제 가야 될 것 같습니다.
衣賊 卡呀 腿兒 狗 卡森你答
i.je/ga.ya/dwel/go*t/gat.sseum.ni.da
我現在該走了。

역까지 바래다 드릴게요.
右嘎幾 怕累答 特里兒給呦
yo*k.ga.ji/ba.re*.da/deu.ril.ge.yo
我送你到車站吧。

또 놀러 와요.
豆 樓兒囉 哇呦
do/nol.lo*/wa.yo
再來玩喔！

안녕히 가세요.
安妞西 卡誰呦
an.nyo*ng.hi/ga.se.yo
再見。（向離開要走的人）

안녕히 계세요.
安妞西 K誰呦
an.nyo*ng.hi/gye.se.yo
再見。（向留在原地的人）

相關例句

이 식당은 어디에 있습니까?
衣 系當恩 喔滴耶 衣森你嘎
i/sik.dang.eun/o*.di.e/it.sseum.ni.ga
這家餐館在哪裡？

근처에 유명한 한국 음식점이 있습니까?
肯醜耶 U謬恩憨 憨估 恩西走咪 衣森你嘎
geun.cho*.e/yu.myo*ng.han/han.guk/eum.sik.jjo*.mi/it.sseum.ni.ga
附近有沒有知名的韓式料理店？

저녁은 뭘 먹고 싶어요?
醜妞跟恩 摸兒 摸溝 西波呦
jo*.nyo*.geun/mwol/mo*k.go/si.po*.yo
你晚餐想吃什麼？

불고기를 먹고 싶어요.
鋪兒溝可衣惹 摸溝 西波呦
bul.go.gi.reul/mo*k.go/si.po*.yo
我想吃烤肉。

갑자기 생선회를 먹고 싶어요.
卡炸可衣 先恩松揮惹 摸溝 西波呦

gap.jja.gi/se*ng.so*n.hwe.reul/mo*k.go/si.po*.yo
我突然想吃生魚片。

한국 요리를 먹고 싶어요, 아니면 일본 요리를 먹고 싶어요?
憨古 呦里惹 摸溝 西波呦 阿你謬恩 衣兒崩 呦里惹 摸溝 西波呦
han.guk/yo.ri.reul/mo*k.go/si.po*.yo//a.ni.myo*n/il.bon/yo.ri.reul/mo*k.go/si.po*.yo
你想吃韓國料理，還是日本料理呢？

뭘 좋아하세요?
摸兒 醜阿哈誰呦
mwol/jo.a.ha.se.yo
你喜歡吃什麼？

혹시 부대찌개 좋아하세요?
齁西 鋪貼基給 醜阿哈誰呦
hok.ssi/bu.de*.jji.ge*/jo.a.ha.se.yo
你喜歡吃部隊鍋嗎？

여기 들어가서 뭐 좀 먹자.
呦可衣 特囉卡搜 摸 綜 摸炸
yo*.gi/deu.ro*.ga.so*/mwo/jom/mo*k.jja
我們在這裡吃點什麼吧。

특별히 좋아하는 음식이 있습니까?
特匹喔里 醜阿哈能 恩西可衣 衣森你嘎
teuk.byo*l.hi/jo.a.ha.neun/eum.si.gi/it.sseum.

ni.ga
你有特別喜歡吃的東西嗎？

이 근처에 괜찮은 레스토랑이 있는데 거기로 갈까요?
衣 肯抽耶 虧餐恩 勒思投郎衣 衣能鐵 口可衣囉 卡兒嘎呦
i/geun.cho*.e/gwe*n.cha.neun/re.seu.to.rang.i/in.neun.de/go*.gi.ro/gal.ga.yo
這附近有不錯的餐廳，我們去那裡好嗎？

相關詞彙

레스토랑
累思投郎
re.seu.to.rang
餐廳

메뉴판
沒呢U盤恩
me.nyu.pan
菜單

야채 요리
呀疵耶 呦里
ya.che*.yo.ri
素食料理

해산물 요리
黑三恩木兒 呦里
he*.san.mul.yo.ri
海鮮料理

일식요리
衣兒系呦里
il.si.gyo.ri
日式料理

중식요리
尊系呦里
jung.si.gyo.ri
中式料理

한식요리
寒系呦里
han.si.gyo.ri
韓式料理

프랑스 요리
波郎思 呦里
peu.rang.seu/yo.ri
法國料理

패스트푸드
配斯特鋪特
pe*.seu.teu.pu.deu
速食

點餐

相關例句

손님, 주문하시겠어요?
松濘 組目哈西給搜呦
son.nim//ju.mun.ha.si.ge.sso*.yo
先生（小姐），您要點什麼？

갈비탕 부탁합니다.
卡兒匹糖 鋪踏砍你答
gal.bi.tang/bu.ta.kam.ni.da
我要點排骨湯。

뭘 드시겠습니까?
摸兒 特西給森你嘎
mwol/deu.si.get.sseum.ni.ga
您要吃什麼？

아직 주문 준비가 안 됐어요.
衣寄 組木 尊必嘎 安 對搜呦
a.jik/ju.mun/jun.bi.ga/an/dwe*.sso*.yo
我還沒準備好要點菜。

메뉴를 보여 주세요.
妹呢U惹 波呦 組誰呦
me.nyu.reul/bo.yo*/ju.se.yo
請拿菜單給我。

이걸로 주세요.
衣狗囉 組誰呦
i.go*l.lo/ju.se.yo
我要點這個。

스테이크 부탁합니다.
思貼衣可 鋪他砍你答
seu.te.i.keu/bu.ta.kam.ni.da
我要牛排。

감자탕을 먹고 싶어요.
砍炸糖惹 摸溝 西波呦
gam.ja.tang.eul/mo*k.go/si.po*.yo
我想吃馬鈴薯排骨湯。

너무 맵지 않게 해 주세요.
樓木 妹基 安給 黑 組誰呦
no*.mu/me*p.jji/an.ke/he*/ju.se.yo
請不要用得太辣。

저도 같은 것으로 하겠습니다.
醜豆 卡特恩 狗思囉 哈給森你答
jo*.do/ga.teun/go*.seu.ro/ha.get.sseum.ni.da
我也要點一樣的。

밥 좀 많이 주세요.
怕 總 嗎你 組誰呦
bap/jom/ma.ni/ju.se.yo
飯請給我多一點。

음료수는 언제 드시겠습니까?
恩溜酥能 翁賊 特西給森你嘎
eum.nyo.su.neun/o*n.je/deu.si.get.sseum.ni.ga
您的飲料要什麼時候喝？

삼겹살 이인분 주세요.
沙可呦沙兒 衣林鋪恩 組誰呦
sam.gyo*p.ssal/i.in.bun/ju.se.yo
給我兩人份的五花肉。

이건 주문하지 않았는데요.
衣恐 組木哈基 安那能貼呦
i.go*n/ju.mun.ha.ji/a.nan.neun.de.yo
我沒有點這道菜。

매운탕을 먹겠습니다.
妹溫糖兒 摸給森你答
me*.un.tang.eul/mo*k.get.sseum.ni.da
我要吃辣魚湯。

이 요리는 어떻게 해 드릴까요?
衣 呦里能 喔都給 黑 特裡兒嘎呦
i/yo.ri.neun/o*.do*.ke/he*/deu.ril.ga.yo
這道菜要怎麼幫您煮呢？

마실 건 어떤 게 있습니까?
嗎西兒 拱 喔東 給 衣森嘎
ma.sil/go*n/o*.do*n/ge/it.sseum.ni.ga
喝的有哪些呢？

相關詞彙

웨이터
威衣投
we.i.to*
服務員

시키다
西可衣答
si.ki.da
點餐

주무하다
組木哈答
ju.mu.ha.da
點餐／訂貨

예약하다
耶呀卡答
ye.ya.ka.da
預約／訂位

손님
松恩濘
son.nim
客人／顧客

식사
系沙
sik.ssa
用餐

한정식
憨忠系
han.jo*ng.sik
韓定食

불고기
鋪兒溝可衣
bul.go.gi
烤肉

부대찌개
鋪貼基給
bu.de*.jji.ge*
部隊鍋

매운탕
沒溫糖
me*.un.tang
辣魚湯

갈비탕
卡兒匹糖
gal.bi.tang
排骨湯

갈비찜
卡兒匹寄恩
gal.bi.jjim
燉排骨

보쌈
波三恩
bo.ssam
菜包白切肉

순대
孫恩貼
sun.de*
米血腸

파전
怕總
pa.jo*n
蔥餅

카레
卡累
ka.re
咖哩

Unit 5

請客

Track 29

相關例句

제가 낼게요.
賊嘎 累兒給呦
je.ga/ne*l.ge.yo
我來付錢。

자, 갑시다! 제가 살게요.
插 卡系答 賊嘎 沙兒給呦
ja//gap.ssi.da//je.ga sal.ge.yo
走吧，我請客。

제가 저녁을 대접하겠습니다.
賊嘎 醜妞割 貼走哈給森你答
je.ga/jo*.nyo*.geul/de*.jo*.pa.get.sseum.ni.da
我請你吃晚餐。

오늘 저녁은 제가 사겠습니다.
喔呢 醜妞跟 賊嘎 沙給森你答
o.neul/jjo*.nyo*.geun/je.ga/sa.get.sseum.ni.da
今天的晚餐我請客。

밥 사 줄게요.
怕 沙 租兒給呦
bap/sa/jul.ge.yo
我請你吃飯。

오늘 월급 받았어요. 이따가 맛있는 걸 사 줄게요.
喔呢 我兒跟恩 怕答搜呦 衣答嘎 媽吸能 狗兒 殺租兒給呦
o.neul/wol.geup/ba.da.sso*.yo//i.da.ga/ma.sin.neun/go*l/sa/jul.ge.yo
今天領薪水了，等一下我請你吃好吃的。

제가 한턱 내겠습니다.
賊嘎 憨透 內給森你答
je.ga/han.to*k/ne*.get.sseum.ni.da
我請客。

저녁 사 주세요.
醜妞 沙 組誰呦
jo*.nyo*k/sa/ju.se.yo
請我吃晚餐。

다음에 크게 한턱 내세요.
他恩耶 可給 憨透 內誰呦
da.eu.me/keu.ge/han.to*k/ne*.se.yo
下次請我吃大餐吧。

Unit 6

結帳

相關例句

모두 얼마입니까?
摸度 喔兒媽影你嘎
mo.du/o*l.ma.im.ni.ga
全部多少錢？

어디에서 계산하나요?
喔滴耶搜 K三哈那呦
o*.di.e.so*/gye.san.ha.na.yo
在哪結帳呢？

이것은 손님의 계산서입니다.
衣狗神 松濘耶 K三恩搜影你答
i.go*.seun/son.ni.mui/gye.san.so*.im.ni.da
這是客人您的帳單。

계산서를 주시겠습니까?
K三恩搜惹 組西給森你嘎
gye.san.so*.reul/jju.si.get.sseum.ni.ga
可以給我帳單嗎？

결제는 카드로 하실 겁니까? 현금으로 하실 겁니까?
可呦兒賊能 卡特囉 哈吸兒 拱你嘎 呵呦恩可悶囉 哈吸兒 拱你嘎
gyo*l.je.neun/ka.deu.ro/ha.sil/go*m.ni.ga//hyo*n

geu.meu.ro/ha.sil/go*m.ni.ga
您要用信用卡付款，還是用現金付款？

신용 카드를 받습니까?
新庸 卡特惹 怕森你嘎
si.nyong/ka.deu.reul/bat.sseum.ni.ga
可以刷信用卡嗎？

따로따로 계산해 주세요.
答囉答囉 K三內 組誰呦
da.ro.da.ro/gye.san.he*/ju.se.yo
請分開算。

각자 지불합시다.
卡炸 基鋪拉系答
gak.jja/ji.bul.hap.ssi.da
我們各自付款吧。

영수증을 주세요.
庸酥爭兒 組誰呦
yo*ng.su.jeung.eul/jju.se.yo
請給我收據。

남은 음식을 싸 주세요.
男悶恩 恩西哥兒 沙 租誰呦
na.meun/eum.si.geul/ssa/ju.se.yo
請幫我把剩下的菜包起來。

일부는 현금 나머지는 신용카드로 계산할게요.
衣兒鋪能 呵呦恩跟恩 那摸基能 新庸卡特囉 K三哈兒給呦
il.bu.neun/hyo*n.geum/na.mo*.ji.neun/si.nyong.ka.deu.ro/gye.san.hal.ge.yo
一部分付現金，剩下的我要用信用卡付款。

相關詞彙

카운터
卡溫恩投
ka.un.to*
收銀台

가격표
卡可呦匹呦
ga.gyo*k.pyo
價格牌

영수증
庸酥曾恩
yo*ng.su.jeung
收據

종이 봉지
宗衣 波恩基
jong.i/bong.ji
紙袋

점원
重我恩
jo*.mwon
店員

고객
溝K
go.ge*k
顧客

지불하다
基鋪拉答
ji.bul.ha.da
支付

팁
替
tip
小費

서비스료
搜匹思溜
so*.bi.seu.ryo
服務費

잔돈
禪冬恩
jan.don
零錢／找的錢

搭公車

相關例句

길 건너편에서 버스를 타세요.
可衣兒 恐樓匹呦內搜 波思惹 他誰呦
gil/go*n.no*.pyo*.ne.so*/bo*.seu.reul/ta.se.yo
請在馬路對面搭公車。

버스 정류장은 어디입니까?
波思 寵了U髒恩 喔滴影你嘎
bo*.seu/jo*ng.nyu.jang.eun/o*.di.im.ni.ga
公車站在哪裡？

버스 탈 잔돈이 좀 필요합니다.
波思 他兒 纏投你 綜 匹溜憨你答
bo*.seu/tal/jjan.do.ni/jom/pi.ryo.ham.ni.da
我需要搭公車的零錢。

이 버스는 공항에 갑니까?
衣 波思能 空夯耶 砍你嘎
i/bo*.seu.neun/gong.hang.e/gam.ni.ga
這班公車會開往機場嗎？

이 버스를 타면 세종문화회관까지 가는 겁니까?
衣 波思惹 他謬恩 誰宗目恩花灰管嘎基 卡能 拱你嘎
i/bo*.seu.reul/ta.myo*n/se.jong.mun.hwa.hwe.
gwan.ga.ji/ga.neun/go*m.ni.ga
搭這班公車，會到世宗文化會館嗎？

지금 어디를 지나고 있습니까?
基跟恩 喔滴惹 基那溝 衣森你嘎
ji.geum/o*.di.reul/jji.na.go/it.sseum.ni.ga
現在正經過哪裡呢？

그 곳에 가는 직행 버스는 없습니다.
可 溝誰 卡能 寄黑恩 波思能 喔森你答
geu/go.se/ga.neun/ji.ke*ng/bo*.seu.neun/o*p.sseum.ni.da
沒有去那裡的直達公車。

이 버스 동대문으로 가나요?
衣 播思 同貼木呢囉 卡那呦
i/bo*.seu/dong.de*.mu.neu.ro/ga.na.yo
這台公車會開往東大門嗎？

다음 정류장에서 내려 주세요.
他恩 重了U髒耶搜 內溜 租誰呦
da.eum/jo*ng.nyu.jang.e.so*/ne*.ryo*/ju.se.yo
我要在下一站下車。

이 버스는 시청까지 갑니다.
衣 波思能 西蔥嘎基 砍你答
i/bo*.seu.neun/si.cho*ng.ga.ji/gam.ni.da
這台公車開往市政府。

이 자리는 비어 있습니까?
衣 渣里能 匹喔 衣森你嘎

i/ja.ri.neun/bi.o*/it.sseum.ni.ga
這個位子有人坐嗎？

당신은 버스를 잘못 탔습니다.
糖新能 波思惹 插兒摸 踏森你答
dang.si.neun/bo*.seu.reul/jjal.mot/tat.sseum.ni.da
您搭錯公車了。

어느 버스를 타야 합니까?
喔呢 波思惹 他呀 喊你嘎
o*.neu/bo*.seu.reul/ta.ya/ham.ni.ga
我該搭哪台公車？

버스는 언제 옵니까?
波思能 翁恩賊 喔你嘎
bo*.seu.neun/o*n.je/om.ni.ga
公車什麼時候會來？

어느 버스가 시내로 갑니까?
喔呢 波思嘎 西內囉 砍你嘎
o*.neu/bo*.seu.ga/si.ne*.ro/gam.ni.ga
哪一台公車會開往市區呢？

버스 노선 안내도 있습니까?
波斯 樓松恩 安內投 衣森你嘎
bo*.seu/no.so*n/an.ne*.do/it.sseum.ni.ga
有公車路線圖嗎？

相關詞彙

운전기사
溫宗可衣沙
un.jo*n.gi.sa
司機

승객
森恩可耶
seung.ge*k
乘客

타다
他答
ta.da
乘坐

내리다
累里答
ne*.ri.da
下車

갈아타다
卡拉他答
ga.ra.ta.da
換乘

搭地鐵

相關例句

여기 지하철역이 없나요?
呦可衣 基哈醜溜可衣 喔那呦
yo*.gi/jl.ha.cho*.ryo*.gi/o*m.na.yo
這裡有地鐵站嗎？

다음 역은 무슨 역입니까?
他恩 右跟 木森 呦可影你嘎
da.eum/yo*.geun/mu.seun/yo*.gim.ni.ga
下一站是什麼站？

2호선으로 갈아타세요.
衣齁搜呢囉 卡拉他誰呦
i.ho.so*.neu.ro/ga.ra.ta.se.yo
請改搭2號線。

여기 앉아도 됩니까?
呦可衣 安炸豆 腿你嘎
yo*.gi/an.ja.do/dwem.ni.ga
我可以坐這裡嗎？

어디서 갈아 타야 합니까?
喔滴搜 卡拉 他呀 憨你嘎
o*.di.so*/ga.ra/ta.ya/ham.ni.ga

我該在哪裡換車？

여기서 제일 가까운 지하철역이 어디예요?
呦可衣搜 賊衣兒 卡嘎溫 基哈抽溜可衣 喔滴耶呦
yo*.gi.so*/je.il/ga.ga.un/ji.ha.cho*.ryo*.gi/o*.di.ye.yo
離這裡最近的地鐵站在哪裡？

지하철로 거기 갈 수 있나요?
基哈抽兒囉 口可衣 卡兒 酥 衣那呦
ji.ha.cho*l.lo/go*.gi/gal/ssu/in.na.yo
搭地鐵可以到那裡嗎？

표는 어디에서 사요?
匹呦能 喔滴耶搜 沙呦
pyo.neun/o*.di.e.so*/sa.yo
票要在哪裡買？

무슨 역으로 내리면 되죠?
木神 呦可囉 內里謬恩 腿糾
mu.seun/yo*.geu.ro/ne*.ri.myo*n/dwe.jyo
我該在哪一站下車？

7번 출구로 나가세요.
七兒崩 粗兒哭囉 那卡誰呦
chil.bo*n/chul.gu.ro/na.ga.se.yo
請從7號出口出去。

몇 호선을 타야 합니까?
謬 駒松呢兒 他呀 憨你嘎
myo*t/ho.so*.neul/ta.ya/ham.ni.ga
該搭幾號線呢？

지하철 지도를 구하고 싶습니다.
基哈醜兒 基投惹 哭哈溝 西森你答
ji.ha.cho*l/ji.do.reul/gu.ha.go/sip.sseum.ni.da
我想領取地鐵圖。

명동 역에 가고 싶은데 몇 호선을 타야 되나요?
謬恩東 呦給 卡溝 西噴鐵 謬 駒搜呢兒 他呀 腿那呦
myo*ng.dong/yo*.ge/ga.go/si.peun.de/myo*t/
ho.so*.neul/ta.ya/dwe.na.yo
請問去明洞站要搭幾號線呢？

몇 호선으로 갈아타죠?
謬 駒搜呢囉 卡拉他糾
myo*t/ho.so*.neu.ro/ga.ra.ta.jyo
我該換乘幾號線?

다음 역은 남대문시장 역입니다.
他恩 呦跟恩 男貼目恩西髒 呦可影你答
da.eum/yo*.geun/nam.de*.mun.si.jang/yo*.gim.
ni.da
下一站是南大門市場站。

내리실 문은 오른쪽입니다.
內里西兒 目能 喔冷走可影你答

ne*.ri.sil/mu.neun/o.reun.jjo.gim.ni.da
下車的門在右邊。

문에서 떨어져 서 주세요.
目內搜 豆囉糾 搜 租誰呦
mu.ne.so*/do*.ro*.jo*/so*/ju.se.yo
請勿倚靠車門。

相關詞彙

환승역
歡恩森又
hwan.seung.yo*k
換乘站

경로석
可呦恩囉搜
gyo*ng.no.so*k
博愛座

표 판매기
匹喔 盤妹可衣
pyo/pan.me*.gi
售票機

坐計程車

相關例句

어디까지 모실까요?
喔滴嘎幾 摸西兒嘎呦
o*.di.ga.ji/mo.sil.ga.yo
您要去哪裡？

택시를 불러 주시겠어요?
貼系惹 鋪兒囉 組西給搜呦
te*k.ssi.reul/bul.lo*/ju.si.ge.sso*.yo
可以幫我叫輛計程車嗎？

택시를 타고 집에 갑시다.
貼系惹 他溝 基杯 卡西答
te*k.ssi.reul/ta.go/ji.be/gap.ssi.da
我們搭計程車回家吧。

어디에서 택시를 잡을 수 있습니까?
喔滴耶搜 貼系惹 插波兒 酥 衣森你嘎
o*.di.e.so*/te*k.ssi.reul/jja.beul/ssu/it.sseum.ni.ga
哪裡可以攔得到計程車？

공항으로 가 주세요.
空夯呢囉 卡 組誰呦
gong.hang.eu.ro/ga/ju.se.yo
我要去機場。

급하니까 지름길로 가 주세요.
可潘你嘎 基冷可衣兒囉 卡 組誰呦
geu.pa.ni.ga/ji.reum.gil.lo/ga/ju.se.yo
我很急，請你走捷徑。

빨리 좀 가 주세요.
吧兒里 綜 卡 組誰呦
bal.li/jom/ga/ju.se.yo
請開快一點。

좀 천천히 가 주시겠어요?
綜 蔥蔥西 卡 組西給搜呦
jom/cho*n.cho*n.hi/ga/ju.si.ge.sso*.yo
你可以開慢一點嗎？

저 모퉁이에서 내려 주세요.
醜 摸禿衣耶搜 內溜 租誰呦
jo*/mo.tung.i.e.so*/ne*.ryo*/ju.se.yo
請在那個轉角讓我下車。

여기에 내려 주세요.
呦可衣耶 內溜 租誰呦
yo*.gi.e/ne*.ryo*/ju.se.yo
請讓我在這裡下車。

여기 세워 주세요.
呦可衣 誰我 組誰呦
yo*.gi/se.wo/ju.se.yo
請在這裡停車。

거스름 돈은 가지세요.
口思冷 同能 卡基誰呦
go*.seu.reum/do.neun/ga.ji.se.yo
不必找零了。

직진해 주세요.
寄金內 組誰呦
jik.jjin.he*/ju.se.yo
請直走。

2시 전에 수원까지 가실 수 있습니까?
禿西 走內 酥我恩嘎基 卡西兒 酥 衣森你嘎
du.si/jo*.ne/su.won.ga.ji/ga.sil/su/it.sseum.ni.ga
兩點以前可以到水原嗎？

창문을 열어도 됩니까?
昌木呢兒 呦囉豆 退你嘎
chang.mu.neul/yo*.ro*.do/dwem.ni.ga
我可以開窗戶嗎？

우회전해 주세요.
烏灰總黑 租誰呦
u.hwe.jo*n.he*/ju.se.yo
請往右走。

좌회전해 주세요.
抓灰總黑 租誰呦
jwa.hwe.jo*n.he*/ju.se.yo
請往左走。

相關詞彙

일반택시
衣兒般貼系
il.ban.te*k.ssi
一般計程車

모범택시
摸崩恩貼系
mo.bo*m.te*k.ssi
模範計程車

왼쪽
威恩咒
wen.jjok
左邊

오른쪽
喔冷咒
o.reun.jjok
右邊

Chapter 5
晚上

Unit 1

回家

相關例句

저 잘 다녀왔어요.
醜 插兒 他妞哇搜呦
jo*/jal/da.nyo*.wa.sso*.yo
我回來了。

왜 이렇게 늦게 돌아왔어?
圍 衣囉K 呢給 投拉哇搜
we*/i.ro*.ke/neut.ge/do.ra.wa.sso*
你怎麼這麼晚回來？

엄마, 저 왔어요.
翁恩罵 醜 哇搜呦
o*m.ma//jo*/wa.sso*.yo
媽，我回來了。

여보, 많이 피곤하죠?
呦波 媽你 匹溝那糾
yo*.bo//ma.ni/pi.gon.ha.jyo
老公，你累了吧？

오늘 회사 일 어땠어?
喔呢 灰沙 衣兒 喔貼搜
o.neul/hwe.sa/il/o*.de*.sso*
今天公司的事處理得如何？

밥 먹었니?
怕 摸狗你
bap/mo*.go*n.ni
你吃飯了嗎？

안 먹었어요. 배가 많이 고파요.
安 摸狗搜呦 配嘎 馬你 狗怕呦
an/mo*.go*.sso*.yo./be*.ga/ma.ni/go.pa.yo
還沒吃，肚子很餓。

빨리 와서 밥 먹어!
爸兒里 哇搜 怕 摸狗
bal.li/wa.so*/bap/mo*.go*
快來吃飯！

오늘 하루는 어땠어?
喔呢 哈魯能 喔爹搜
o.neul/ha.ru.neun/o*.de*.sso*
今天一天過得如何？

여보, 배고프죠? 저녁 준비 다 됐는데 얼른 와서 밥 먹어요.
呦波 配溝噴糾 醜妞 尊逼 他 腿能爹 喔兒冷恩 哇搜 怕 摸狗呦
yo*.bo//be*.go.peu.jyo//jo*.nyo*k/jun.bi/da/dwe*n.neun.de/o*l.leun/wa.so*/bap/mo*.go*.yo
老公，你肚子餓了吧？晚餐都準備好了，快過來吃飯吧。

相關詞彙

오다
喔答
o.da
來

가다
卡答
ga.da
去／往

돌아오다
投拉喔答
do.ra.o.da
回來

돌아가다
投拉卡答
do.ra.ga.da
回去

다녀오다
他妞喔答
da.nyo*.o.da
去一趟回來

Unit 2

準備晚餐

相關詞彙

엄마, 저녁에 뭐 먹을 거야?
翁恩罵 醜妞給 摸 摸哥兒 狗呀
o*m.ma//jo*.nyo*.ge/mwo/mo*.geul/go*.ya
媽，晚餐吃什麼？

오늘 저녁은 맛있는 거 준비했어.
喔呢 醜扭跟 媽西能 溝 尊逼黑搜
o.neul/jjo*.nyo*.geun/ma.sin.neun/go*/jun.bi.he*.sso*
我今天準備了好吃的。

엄마, 나 피자 먹고 싶어요.
翁媽 那 匹炸 摸溝 西波呦
o*m.ma//na/pi.ja/mo*k.go/si.po*.yo
媽，我想吃披薩。

저녁 거의 준비됐어요.
醜妞 口衣 尊逼腿搜呦
jo*.nyo*k/go*.ui/jun.bi.dwe*.sso*.yo
晚餐快準備好了。

저녁에는 뭐 먹어요?
醜妞給能 摸 摸狗呦
jo*.nyo*.ge.neun/mwo/mo*.go*.yo
晚餐我們吃什麼？

제 소고기는 완전히 익혀서 주세요.
賊 搜溝可衣能 完醜你 衣可呦搜 租誰呦
je/so.go.gi.neun/wan.jo*n.hi/i.kyo*.so*/ju.se.yo
我的牛肉要全熟。

오늘 스프는 없어요?
喔呢兒 思波能 喔不搜呦
o.neul/sseu.peu.neun/o*p.sso*.yo
今天沒有湯嗎？

오늘 스프는 안 했어요.
喔呢 思波能 安 黑搜呦
o.neul/sseu.peu.neun/an/he*.sso*.yo
今天沒煮湯。

저녁 식사 메뉴는 뭐예요?
醜妞 系沙 妹呢U能 摸耶呦
jo*.nyo*k/sik.ssa/me.nyu.neun/mwo.ye.yo
晚上的菜單是什麼？

얼마나 더 기다려야 돼요?
喔兒媽那 投 可衣答溜呀 腿呦
o*l.ma.na/do*/gi.da.ryo*.ya/dwe*.yo
還要等多久？

서둘러요. 나 정말 배고파요.
搜禿兒囉呦 那 寵媽兒 胚溝怕呦
so*.dul.lo*.yo//na/jo*ng.mal/be*.go.pa.yo
趕快，我真的肚子好餓。

相關詞彙

삶다
三恩答
sam.da
煮

볶다
波答
bok.da
炒

튀기다
堆可衣答
twi.gi.da
炸

지지다
基基答
ji.ji.da
煎

굽다
酷答
gup.da
烤

찌다
寄答
jji.da
蒸

섞다
搜答
so*k.da
攪拌／混合

비비다
匹匹答
bi.bi.da
攪拌／涼拌

끓이다
割里答
geu.ri.da
熬煮

절이다
醜里答
jo*.ri.da
腌

和家人吃飯

相關例句

식사할 때는 말 하지 마세요.
系沙哈兒 鐵能 媽兒 哈基 媽誰呦
sik.ssa.hal/de*.neun/mal/ha.ji/ma.se.yo
吃飯的時候不要說話。

식사하면서 신문 좀 보지 마세요.
系沙哈謬恩搜 新目恩 綜 波基 媽誰呦
sik.ssa.ha.myo*n.so*/sin.mun/jom/bo.ji/ma.se.yo
不要邊吃飯邊看報紙。

말은 그만 좀 하고 식사하세요.
媽冷恩 可慢 綜 哈溝 系沙哈誰呦
ma.reun/geu.man/jom/ha.go/sik.ssa.ha.se.yo
別說話，吃飯吧。

이 반찬을 많이 먹어.
喔 盤殘呢兒 媽你 摸狗
i/ban.cha.neul/ma.ni/mo*.go*
這道菜多吃一點。

아니요. 배 불러요.
阿逆呦 胚 撲兒囉呦

a.ni.yo//be*/bul.lo*.yo
不要了，我吃飽了。

수저 좀 놓아줄래요?
酥醜 綜 樓阿租兒累呦
su.jo*/jom/no.a.jul.le*.yo
幫我擺碗筷，好嗎？

저녁 식사를 하셔야죠.
醜妞 系沙惹 哈休呀糾
jo*.nyo*k/sik.ssa.reul/ha.syo*.ya.jyo
您該吃晚餐了。

배가 고파 죽을 것 같아요.
胚嘎 狗怕 處哥兒 狗 嘎他呦
be*.ga/go.pa/ju.geul/go*t/ga.ta.yo
我肚子快餓死了。

가족들 모두 와서 식사하라고 해요.
卡走特兒 摸度 哇搜 系沙哈拉溝 黑呦
ga.jok.deul/mo.du/wa.so*/sik.ssa.ha.ra.go/he*.
yo
叫全家人來吃飯。

후식이 뭔데요?
呼系可衣 抹爹呦
hu.si.gi/mwon.de.yo
餐後甜點是什麼？

밥은 다 먹었어?
怕笨恩 他 摸狗搜
ba.beun/da/mo*.go*.sso*
飯都吃完了嗎？

저도 다 먹었어요. 배불러요.
醜豆 他 摸狗搜呦 胚撲兒囉呦
jo*.do/da/mo*.go*.sso*.yo//be*.bul.lo*.yo
我也吃完了，好飽喔！

엄마, 저 후식 좀 먹어도 돼요?
翁恩罵 醜 呼系 綜 摸狗豆 退呦
o*m.ma//jo*/hu.sik/jom/mo*.go*.do/dwe*.yo
媽，我可以吃點心嗎？

다 먹은 그릇 좀 갖다 줘.
他 摸跟恩 可了 綜 卡答 左
da/mo*.geun/geu.reut/jom/gat.da/jwo
把吃完的盤子拿給我。

오빠, 설거지 좀 도와줘요.
喔爸 搜兒狗基 綜 投哇左呦
o.ba//so*l.go*.ji/jom/do.wa.jwo.yo
哥，幫我洗碗。

맛있는 냄새가 나는데요.
媽西能 雷恩誰嘎 那能爹呦
ma.sin.neun/ne*m.se*.ga/na.neun.de.yo
聞起來好香啊！

엄마, 밥 좀 더 주세요.
翁罵 怕 綜 投 租誰呦
o*m.ma//bap/jom/do*/ju.se.yo
媽，再幫我裝一點飯。

相關詞彙

젓가락
醜卡拉
jo*t.ga.rak
筷子

숟가락
酥卡拉
sut.ga.rak
湯匙

포크
波可
po.keu
叉

칼
卡兒
kal
刀

스푼
思鋪恩
seu.pun
湯匙

컵
口
ko*p
杯

접시
醜西
jo*p.ssi
盤子

그릇
可樂
geu.reut
碗

물병
木兒匹翁恩
mul.byo*ng
水瓶

이쑤시개
衣蘇西給
i.ssu.si.ge*
牙籤

Unit 4

和家人聊天

相關例句

지금 뭐 해?
基跟恩 摸 黑
ji.geum/mwo/he*
你在做什麼？

제가 과식을 했나 봐요.
賊嘎 瓜系哥兒 黑那 怕呦
je.ga/gwa.si.geul/he*n.na/bwa.yo
我好像吃太多了。

방금 먹은 샐러드는 맛있었어요.
旁跟恩 摸跟 誰兒囉的能 媽西搜搜呦
bang.geum/mo*.geun/se*l.lo*.deu.neun/ma.si.sso*.sso*.yo
剛才吃的沙拉很好吃。

저는 요즘 식욕이 왕성해요.
醜能 呦正 西可呦可衣 完恩松恩黑呦
jo*.neun/yo.jeum/si.gyo.gi/wang.so*ng.he*.yo
我最近食慾很旺盛。

오늘 하루 종일 아무것도 안 먹었어요.
喔呢 哈路 宗衣兒 阿木狗豆 安 摸狗搜呦
o.neul/ha.ru/jong.il/a.mu.go*t.do/an/mo*.go*.

sso*.yo
我今天一整天什麼也沒吃。

사과를 좀 먹고 싶어요.
沙瓜惹 綜 摸溝 西波呦
sa.gwa.reul/jjom/mo*k.go/si.po*.yo
我想吃點蘋果。

오늘 시험은 어땠어?
喔呢兒 西哄悶恩 喔爹搜
o.neul/ssi.ho*.meun/o*.de*.sso*
今天的考試怎麼樣了？

이따가 친구 만나러 나갈 거야.
衣答嘎 親估 蠻那囉 那卡兒 狗呀
i.da.ga/chin.gu/man.na.ro*/na.gal/go*.ya
我等一下要出去找朋友。

오늘 하루 종일 비가 내렸어?
喔呢兒 哈路 宗衣兒 匹嘎 內溜搜
o. neul/ha. ru/ jong. il/bi. ga/ne*. ryo*. sso*
今天下了一整天的雨嗎？

오늘 손님이 집에 왔어.
喔呢 松你咪 基杯 哇搜
o.neul/sson.ni.mi/ji.be/wa.sso*
今天有客人來我們家了。

누가 집에 왔어요?
努嘎 基杯 哇搜呦
nu.ga/ji.be/wa.sso*.yo
誰來我們家了？

내일 쉬는 날인데 넌 뭘 할 계획이야?
內衣兒 需能 那領貼 農 摸兒 哈兒 K灰可衣呀
ne*.il/swi.neun/na.rin.de/no*n/mwol/hal/gye.hwe.gi.ya
明天休假你計畫做什麼？

너희 학교는 며칠 쉬니?
呢喔呵衣 哈可呦能 謬妻兒 需你
no*.hi/hak.gyo.neun/myo*.chil/swi.n
你們學校放幾天假？

출근은 어때? 재미있어?
粗兒可能 喔貼 賊咪衣搜
chul.geu.neun/o*.de*//je*.mi.i.sso*
上班如何？有趣嗎？

할아버지는 며칠 후면 퇴원할 수 있어.
哈拉波基能 謬妻兒 呼謬恩 推我那兒 酥 衣搜
ha.ra.bo*.ji.neun/myo*.chil/hu.myo*n/twe.won.hal/ssu/i.sso*
爺爺再幾天就可以出院了。

그녀의 집 전화는 항상 통화 중인 것 같아.
可妞耶 基 重花能 憨商 通花 尊因 溝 嘎他
geu.nyo*.ui/jip/jo*n.hwa.neun/hang.sang/tong.hwa/jung.in/go*t/ga.ta
她家的電話好像常常打不通。

난 학교 운동회에 참가하지 않겠어.
男 哈個呦 溫冬灰耶 餐嘎哈基 安給搜
nan/hak.gyo/un.dong.hwe.e/cham.ga.ha.ji/an.ke.sso*
我不參加學校的運動會。

Unit 5

看電視

相關例句

엄마, TV 봐도 돼요?
翁恩罵 TV怕豆 腿呦
o*m.ma//tv/bwa.do/dwe*.yo
媽，我可以看電視嗎?

6번 채널로 돌려보세요.
U崩 疵耶樓兒囉 投兒溜波誰呦
yuk.bo*n/che*.no*l.lo/dol.lyo*.bo.se.yo
請轉到第6頻道吧。

오늘은 내가 보고 싶은 드라마가 있어요.
喔呢冷 內嘎 波溝 西噴 特拉媽嘎 衣搜呦
o.neu.reun/ne*.ga/bo.go/si.peun/deu.ra.ma.ga/i.sso*.yo
今天有我想看的連續劇。

지금 내가 좋아하는 드라마를 해요.
基跟恩 內嘎 醜阿哈能 特拉媽惹 黑呦
ji.geum/ne*.ga/jo.a.ha.neun/deu.ra.ma.reul/he*.yo
現在在播我喜歡的連續劇。

나는 이 배우가 좋아.
那能 衣 配烏嘎 醜阿

na.neun/i/be*.u.ga/jo.a
我喜歡這個演員。

오늘 TV에서 뭐 재미있는 거라도 하나요?
喔呢兒 TV耶搜 摸 賊咪衣能 溝拉豆 哈那呦
o.neul/tv.e.so*/mwo/je*.mi.in.neun/go*.ra.do/ha.na.yo
今天電視有播什麼好看的嗎？

이건 재방송이에요.
衣拱 茲耶幫松衣耶呦
i.go*n/je*.bang.song.i.e.yo
這是重播。

4번에서 하는 영화 봅시다.
沙崩耶搜 哈能 庸花 波西答
sa.bo*.ne.so*/ha.neun/yo*ng.hwa/bop.ssi.da
我們看第4頻道的電影吧。

오늘 9시에 TV에서 뭐해요?
喔呢 阿夠西耶 TV耶搜 摸黑呦
o.neul/a.hop.ssi.e/tv.e.so*/mwo.he*.yo
今天9點電視有播什麼？

자야 할 시간이다. TV를 꺼라.
插呀 哈兒 西乾你答 TV惹 溝拉
ja.ya/hal/ssi.ga.ni.da//tv.reul/go*.ra
該睡覺了，把電視關掉。

이 채널 광고가 너무 많습니다.
衣 疵耶樓兒 狂溝嘎 樓木 蠻森你答
i/che*.no*l/gwang.go.ga/no*.mu/man.sseum.ni.da
這個頻道廣告很多。

相關詞彙

프로그램
波囉可累恩
peu.ro.geu.re*m
節目

드라마
特拉馬
deu.ra.ma
連續劇

가요 프로그램
卡呦 波囉可累恩
ga.yo/peu.ro.geu.re*m
歌唱節目

경제 프로그램
可呦恩賊 波囉可累恩
gyo*ng.je/peu.ro.geu.re*m
財經節目

여행 프로그램
呦黑恩 波囉可累恩
yo*.he*ng/peu.ro.geu.re*m
旅遊節目

요리 프로그램
呦里 波囉可累恩
yo.ri/peu.ro.geu.re*m
美食節目

아동 프로그램
阿同 波囉可累恩
a.dong/peu.ro.geu.re*m
兒童節目

오락 프로그램
喔辣 波囉可累恩
o.rak/peu.ro.geu.re*m
娛樂節目

뉴스 프로그램
呢U思 波囉可累恩
nyu.seu/peu.ro.geu.re*m
新聞節目

카툰
卡兔恩
ka.tun
卡通

相關例句

내일 시험이 있어서 지금 공부하고 있어요.
內衣兒 西哄咪 衣搜搜 基跟恩 空撲哈溝 衣搜呦
ne*.il/si.ho*.mi/i.sso*.so*/ji.geum/gong.bu.ha.go/i.sso*.yo
因為明天有考試，所以我在讀書。

조금더 열심히 공부해야 돼요.
醜跟恩投 呦兒西咪 空撲黑呀 腿呦
jo.geum.do*/yo*l.sim.hi/gong.bu.he*.ya/dwe*.yo
必須更努力讀書才行。

오빠는 방에서 공부하고 있는 것 같아요.
喔爸能 旁耶搜 空撲哈溝 衣能 溝 嘎他呦
o.ba.neun/bang.e.so*/gong.bu.ha.go/in.neun/go*t/ga.ta.yo
哥哥好像在房間裡讀書。

보통 어디서 공부하나요?
波通 喔滴搜 空撲哈那呦
bo.tong/o*.di.so*/gong.bu.ha.na.yo
你通常都在哪裡讀書？

오후에 공부하러 도서관에 갈 거예요.
喔呼耶 空撲哈囉 投搜管內 卡兒 狗耶呦
o.hu.e/gong.bu.ha.ro*/do.so*.gwa.ne/gal/go*.ye.yo
下午我要去圖書館讀書。

相關詞彙

영어
傭喔
yo*ng.o*
英語

일본어
衣兒崩喔
il.bo.no*
日本語

한국어
憨估狗
han.gu.go*
韓國語

경제학
可呦恩賊哈
gyo*ng.je.hak
經濟學

회계학
灰給哈
hwe.gye.hak
會計學

심리학
心恩里哈
sim.ni.hak
心理學

화학
花哈
hwa.hak
化學

물리학
木兒里哈
mul.li.hak
物理學

교육학
可呦U卡
gyo.yu.kak
教育學

사회학
殺灰哈
sa.hwe.hak
社會學

Track 40

相關例句

제가 보낸 이메일을 받았어요?
賊嘎 波累恩 衣妹衣惹 怕答搜呦
je.ga/bo.ne*n/i.me.i.reul/ba.da.sso*.yo
我寄的電子郵件收到了嗎？

난 매일 인터넷에서 외국친구랑 채팅해요.
男 美衣兒 因投內誰搜 為估親估郎 疵耶聽黑呦
nan/me*.il/in.to*.ne.se.so*/we.guk.chin.gu.rang/che*.ting.he*.yo
我每天在網路上和外國朋友聊天。

개인 사이트를 만들고 싶습니다.
K銀 沙衣特惹 蠻特兒溝 西森你答
ge*.in/sa.i.teu.reul/man.deul.go/sip.sseum.ni.da
我想建立個人網站。

컴퓨터를 배운지 얼마 안 돼서 익숙하지 못해요.
孔恩噴U投惹 配溫基 喔兒媽 安 腿搜 衣速卡基 摸爹呦
ko*m.pyu.to*.reul/be*.un.ji/o*l.ma/an/dwe*.so*/ik.ssu.ka.ji/mo.te*.yo
我剛學電腦不久，還不熟悉。

나는 시간이 있으면 인터넷을 합니다.
那能 西乾你 衣思謬恩 銀頭內奢 憨你答
na.neun/si.ga.ni/i.sseu.myo*n/in.to*.ne.seul/ham.ni.da
我有時間的話，會上網。

相關詞彙

이메일을 체크하다
衣妹衣惹 疵耶可哈答
i.me.i.reul/che.keu.ha.da
查看電子郵件

인터넷에 접속하다
因投內誰 醜搜卡答
in.to*.ne.se/jo*p.sso.ka.da
上網

웹사이트
委沙衣特
wep.ssa.i.teu
網站

홈페이지
轟配衣基
hom.pe.i.ji
主頁

홈페이지 주소
轟配衣基 租搜
hom.pe.i.ji/ju.so
網址

검색사이트
恐誰沙衣特
go*m.se*k.ssa.i.teu
搜索網站

채팅방
疵耶聽棒
che*.ting.bang
聊天室

다운로드
答溫囉特
da.ul.lo.deu
下載

업로드
喔囉特
o*m.no.deu
上傳

블로그
波兒囉可
beul.lo.geu
部落格

로그인
囉可引
ro.geu.in
登入

로그아웃
囉可阿烏
ro.geu.a.ut
登出

ID
哀滴
id
帳號

비밀번호
匹咪兒朋齁
bi.mil.bo*n.ho
密碼

인터넷 뱅킹
因頭內 陪恩可衣恩
in.to*.net/be*ng.king
網路銀行

인터넷 쇼핑
因投內 休拼
in.to*.net/syo.ping
網路購物

Track 41

相關例句

우리 공원에 가서 산책 좀 할까요?
烏里 空我內 卡搜 三疵耶 綜 哈兒嘎呦
u.ri/gong.wo.ne/ga.so*/san.che*k/jom/hal.ga.yo
我們去公園散步，好嗎？

같이 농구 하러 갈까요?
卡器 樓恩哭 哈囉 卡兒嘎呦
ga.chi/nong.gu/ha.ro*/gal.ga.yo
要不要一起去打籃球？

오늘 공원에서 뭘 했어요?
喔呢兒 公我內搜 摸兒 黑搜呦
o.neul/gong.wo.ne.so*/mwol/he*.sso*.yo
你今天在公園做什麼？

우리 오늘 공원에서 만나자.
烏里 喔呢 空我內搜 蠻那炸
u.ri/o.neul/gong.wo.ne.so*/man.na.ja
我們今天在公園見面吧。

난 매일 아침 6시에 공원에서 조깅을 하고 있다.
男 妹衣兒 阿沁恩 呦搜吸耶 空我內搜 醜可衣兒 哈溝衣答
nan/me*.il/a.chim/yo*.so*t.ssi.e/gong.wo.ne.so*/

jo.ging.eul/ha.go/it.da
我每天早上六點會在公園慢跑。

相關詞彙

벤치
陪恩妻
ben.chi
長椅子

농구장
樓恩估髒
nong.gu.jang
籃球場

트랙
特累
teu.re*k
跑道

나무
那木
na.mu
樹木

洗澡

相關例句

어서 가서 샤워해라.
喔搜 卡搜 蝦我黑拉
o*.so*/ga.so*/sya.wo.he*.ra
快去洗澡。

비누 어디 갔지?
匹努 喔滴 卡基
bi.nu/o*.di/gat.jji
肥皂在哪裡？

내 비누 냄새가 좋아요.
內 匹努 雷恩誰嘎 醜阿呦
ne*/bi.nu/ne*m.se*.ga/jo.a.yo
我的肥皂味道很香。

수건으로 몸을 닦으세요.
酥溝呢囉 盟悶兒 答哥誰呦
su.go*.neu.ro/mo.meul/da.geu.se.yo
請用毛巾擦身體。

이를 닦았나요?
衣惹 他嘎那呦
i.reul/da.gan.na.yo
你刷牙了嗎？

수돗물을 틀어주세요.
酥偷目惹 特囉租誰呦
su.don.mu.reul/teu.ro*.ju.se.yo
請打開水龍頭。

목욕할 시간이에요.
摸可呦卡兒 西乾你耶呦
mo.gyo.kal/ssi.ga.ni.e.yo
該洗澡了。

相關詞彙

냉수
累恩酥
ne*ng.su
冷水

온수
翁恩酥
on.su
熱水／溫水

샤워꼭지
夏我個歐基
sya.wo.gok.jji
蓮蓬頭

욕조
呦醜
yok.jjo
浴缸

샴푸
香恩鋪
syam.pu
洗髮精

비누
匹努
bi.nu
肥皂

바디 크린져
八滴 可令酒
ba.di/keu.rin.jo*
沐浴乳

면도 칼
謬恩豆 卡兒
myo*n.do/kal
刮鬍刀

목욕타월
末可呦他我兒
mo.gyok.ta.wol
浴巾

Unit 10

睡覺

相關例句

전 졸리지 않아요.
重 醜兒里基 安那呦
jo*n/jol.li.ji/a.na.yo
我不想睡覺。

자야 할 시간이야.
插呀 哈兒 西乾你呀
ja.ya/hal/ssi.ga.ni.ya
該睡覺了。

잘 자요.
插兒 炸呦
jal/jja.yo
晚安。

내일 아침에 날 좀 깨워 줄래?
內衣兒 阿妻妹 那兒 綜 給我 租兒累
ne*.il/a.chi.me/nal/jjom/ge*.wo/jul.le*
明天早上你叫我起床好嗎？

얘들아, 빨리 자.
耶特拉 爸兒里 插
ye*.deu.ra//bal.li/ja
孩子們，快點睡覺囉！

안녕히 주무세요.
安妞西 租木誰呦
an.nyo*ng.hi/ju.mu.se.yo
晚安。

안녕히 주무셨어요?
安妞西 租木休搜呦
an.nyo*ng.hi/ju.mu.syo*.sso*.yo
您睡得好嗎？／早安。

덕분에 아주 푹 잘 잤어요.
投鋪內 阿住 鋪 插兒 炸搜呦
do*k.bu.ne/a.ju/puk/jal/jja.sso*.yo
託你的福我睡得很好。

좋은 꿈 꾸세요.
醜恩 棍恩 估誰呦
jo.eun/gum/gu.se.yo
祝你有個好夢。

일찍 주무세요.
衣兒寄 租目誰呦
il.jjik/ju.mu.se.yo
請早點睡。

Chapter 6
假日

Unit 1

休假

相關例句

이번 휴가를 어떻게 보내실 겁니까?
衣崩 呵U嘎惹 喔豆K 波內西兒 拱你嘎
i.bo*n/hyu.ga.reul/o*.do*.ke/bo.ne*.sil/go*m.
ni.ga
這次的休假你打算怎麼過？

이번 휴가는 어떻게 보내실 계획이십니까?
衣崩 呵U嘎能 喔豆K 波內西兒 K灰可衣新你嘎
i.bo*n/hyu.ga.neun/o*.do*.ke/bo.ne*.sil/gye.
hwe.gi.sim.ni.ga
這次的休假你計畫怎麼過？

이번에는 며칠 쉽니까?
衣崩耶能 謬妻兒 需你嘎
i.bo*.ne.neun/myo*.chil/swim.ni.ga
這次休息幾天？

이번 여름 방학에는 어디로 여행을 갈 거예요?
衣崩 呦冷恩 旁哈給能 喔滴囉 呦黑恩兒 卡兒 溝耶
呦
i.bo*n/yo*.reum/bang.ha.ge.neun/o*.di.ro/yo*.
he*ng.eul/gal/go*.ye.yo
這次的暑假你要去哪裡旅行？

우리 회사는 이틀 휴가를 줍니다.
烏里 灰沙能 衣的兒 呵U嘎惹 尊你答
u.ri/hwe.sa.neun/i.teul/hyu.ga.reul/jjum.ni.da
我們公司給兩天的假。

주말에는 보통 무엇을 합니까?
租媽累能 波通 目喔奢 憨你嘎
ju.ma.re.neun/bo.tong/mu.o*.seul/ham.ni.g
你周末一般會做什麼？

어디로 휴가를 가셨어요?
喔滴囉 呵U嘎惹 卡休搜呦
o*.di.ro/hyu.ga.reul/ga.syo*.sso*.yo
您去哪度假了？

여가를 어떻게 보내세요?
呦嘎惹 喔豆K 波內誰呦
yo*.ga.reul/o*.do*.ke/bo.ne*.se.yo
你怎麼打發閒暇的時間？

相關詞彙

주말
租馬兒
ju.mal
周末

휴일
呵U衣兒
hyu.il
休假

휴가
呵U嘎
hyu.ga
休假

출산 휴가
粗兒三 呵U嘎
chul.san/hyu.ga
產假

복상 휴가
鋪桑 呵U嘎
bok.ssang/hyu.ga
喪假

설날
搜兒那兒
so*l.lal
春節

단오절
談喔醜兒
da.no.jo*l
端午節

相關例句

이번 모임에 난 참석하고 싶어요.
衣崩 摸衣妹 男 餐搜卡溝 西波呦
i.bo*n/mo.i.me/nan/cham.so*.ka.go/si.po*.yo
這次的聚會我想參加。

음악회는 몇 시부터 시작합니까?
恩阿虧能 謬 西鋪投 西炸砍你嘎
eu.ma.kwe.neun/myo*t/si.bu.to*/si.ja.kam.ni.ga
音樂會幾點開始？

할 일이 없으면 우린 장기 한 판 둡시다.
哈兒 衣里 喔思謬恩 烏領 長可衣 憨 潘 吐西答
hal/i.ri/o*p.sseu.myo*n/u.rin/jang.gi/han/pan/dup.ssi.da
如果沒什麼事，我們來玩一局象棋吧！

주말에 같이 등산이나 할까요?
租馬累 卡器 疼沙你那 哈兒嘎呦
ju.ma.re/ga.chi/deung.sa.ni.na/hal.ga.yo
周末要不要一起去爬山？

좋은 나이트클럽은 있어요?
醜恩 那衣特可兒囉笨恩 衣搜呦
jo.eun/na.i.teu.keul.lo*.beun/i.sso*.yo

有不錯的夜店嗎？

相關詞彙

바둑을 두다
怕吐哥兒 吐答
ba.du.geul/du.da
下圍棋

장기를 두다
長可衣惹 吐答
jang.gi.reul/du.da
下象棋

영화 감상
庸花 砍恩商
yo*ng.hwa/gam.sang
看電影

연을 날리다
呦呢兒 那兒里答
yo*.neul/nal.li.da
放風箏

퍼즐
波著兒
po*.jeul
拼圖

포커
波口
po.ke
撲克牌

음악회
恩阿虧
eu.ma.kwe
音樂會

콘서트
空搜特
kon.so*.teu
演唱會

연주회
勇租灰
yo*n.ju.hwe
演奏會

춤을 추다
粗悶兒 粗答
chu.meul/chu.da
跳舞

파티
怕踢
pa.ti
派對

看電影

Track 46

相關例句

오늘 저녁에 무슨 영화를 상영합니까?
喔呢兒 醜妞給 木神 庸花惹 商庸喊你嘎
o.neul/jjo*.nyo*.ge/mu.seun/yo*ng.hwa.reul/
ssang.yo*ng.ham.ni.ga
今晚上映什麼電影？

영화는 몇 시에 시작합니까?
庸花能 謬 吸耶 吸炸砍你嘎
yo*ng.hwa.neun/myo*t/si.e/si.ja.kam.ni.ga
電影幾點開始？

오늘 밤에 나와 함께 영화를 보러 가는 게 어때요?
喔呢 怕妹 那哇 憨給 庸花惹 波囉 卡能 給 喔爹呦
o.neul/ba.me/na.wa/ham.ge/yo*ng.hwa.reul/
bo.ro*/ga.neun/ge/o*.de*.yo
今天晚上和我一起去看電影，如何?

저는 주말에 영화 보러 가기를 좋아합니다.
醜能 租馬累 庸花 波囉 卡可衣惹 醜阿憨你答
jo*.neun/ju.ma.re/yo*ng.hwa/bo.ro*/ga.gi.reul/
jjo.a.ham.ni.da
我周末喜歡去看電影。

어제 본 영화는 무슨 내용이었어요?
喔賊 朋 庸花能 目身 內庸衣喔搜呦
o*.je/bon/yo*ng.hwa.neun/mu.seun/ne*.yong.i.o*.sso*.yo
昨天你看的電影是什麼內容？

이 영화를 본 적이 있어요.
衣 庸花惹 朋 走可衣 衣搜呦
i/yo*ng.hwa.reul/bon/jo*.gi/i.sso*.yo
我看過這部電影。

그 영화는 코미디입니다.
科 庸花能 口咪低影你答
geu/yo*ng.hwa.neun/ko.mi.di.im.ni.da
那部電影是喜劇。

어떤 영화를 가장 좋아하세요?
喔冬 庸花惹 卡髒 醜阿哈誰呦
o*.do*n/yo*ng.hwa.reul/ga.jang/jo.a.ha.se.yo
你最喜歡哪種電影？

우리 팝콘 좀 먹을까요?
烏里 怕空 綜 摸哥兒嘎呦
u.ri/pap.kon/jom/mo*.geul.ga.yo
我們吃爆米花好嗎？

짠맛을 좋아해요, 아니면 단맛을 좋아해요?
沾媽奢 醜阿黑呦 阿你謬恩 談媽奢 醜阿黑呦
jjan.ma.seul/jjo.a.he*.yo//a.ni.myo*n/dan.

ma.seul/jjo.a.he*.yo
你喜歡吃鹹的還是甜的？

뭐 마실래요?
摸 媽西兒累呦
mwo/ma.sil.le*.yo
你要喝什麼？

어디에 앉을래요?
喔滴耶 安遮累呦
o*.di.e/an.jeul.le*.yo
你要坐哪裡？

그 영화는 나쁘지 않았어요.
科 庸花能 那波基 安那搜呦
geu/yo*ng.hwa.neun/na.beu.ji/a.na.sso*.yo
那部電影還不錯。

가운데 자리로 주시겠어요?
卡溫爹 插里囉 租西給搜呦
ga.un.de/ja.ri.ro/ju.si.ge.sso*.yo
可以給我中間的位子嗎？

죄송하지만 가운데 자리는 모두 찼어요.
崔松哈基慢 卡溫爹 插里能 摸度 擦搜呦
jwe.song.ha.ji.man/ga.un.de/ja.ri.neun/mo.du/cha.sso*.yo
對不起，中間的位子都滿了。

학생은 할인이 되나요?
哈先恩 哈林衣 腿那呦
hak.sse*ng.eun/ha.ri.ni/dwe.na.yo
學生可以打折嗎？

영화 티켓은 어디서 구입할 수 있나요?
庸花 梯K神恩 喔滴搜 苦衣怕兒 酥 衣那呦
yo*ng.hwa/ti.ke.seun/o*.di.so*/gu.i.pal/ssu/in.na.yo
電影票哪裡可以買得到？

여자친구와 함께 영화 보기로 약속했어요.
呦渣親估哇 憨給 庸花 波可衣囉 呀嗽K搜呦
yo*.ja.chin.gu.wa/ham.ge/yo*ng.hwa/bo.gi.ro/yak.sso.ke*.sso*.yo
和女朋友約好要一起去看電影了。

그 영화관에서는 공포 영화를 상영하고 있습니다.
科 庸花館內搜能 空波 庸花惹 商庸哈溝 衣森你答
geu/yo*ng.hwa.gwa.ne.so*.neun/gong.po/yo*ng.hwa.reul/ssang.yo*ng.ha.go/it.sseum.ni.da
那間電影院正在上映恐怖片。

영화표가 매진되었어요.
庸花匹呦嘎 妹金腿喔搜呦
yo*ng.hwa.pyo.ga/me*.jin.dwe.o*.sso*.yo
電影票賣完了。

이 영화는 한국에서 촬영됐습니다.
衣 庸花能 憨估給搜 抓了呦腿森你答
i/yo*ng.hwa.neun/han.gu.ge.so*/chwa.ryo*ng.dwe*t.sseum.ni.da
這部電影是在韓國拍攝的。

그녀는 아주 인기 있는 영화 배우예요.
可妞能 阿租 銀可衣 衣能 庸花 陪烏耶呦
geu.nyo*.neun/a.ju/in.gi/in.neun/yo*ng.hwa/be*.u.ye.yo
她是很受歡迎的電影演員。

어제 밤에 영화 보다가 잠이 들었어요.
喔賊 怕妹 庸花 波答嘎 纏咪 特囉搜呦
o*.je/ba.me/yo*ng.hwa/bo.da.ga/ja.mi/deu.ro*.sso*.yo
昨天晚上看電影看到一半睡著了。

相關詞彙

공포 영화
空波 庸花
gong.po/yo*ng.hwa
恐怖電影

전쟁 영화
重間恩 庸花
jo*n.je*ng/yo*ng.hwa

戰爭電影

액션 영화
耶兄 庸花
e*k.ssyo*n/yo*ng.hwa
動作電影

멜로 영화
妹兒囉 庸花
mel.lo/yo*ng.hwa
愛情電影

판타지 영화
潘他基 庸花
pan.ta.ji/yo*ng.hwa
奇幻電影

코믹 영화
摳咪 庸花
ko.mi/gyo*ng.hwa
喜劇電影

看展覽

相關例句

전 이 그림이 너무 좋습니다.
重 衣 可裡咪 呢喔木 醜森你答
jo*n/i/geu.ri.mi/no*.mu/jo.sseum.ni.da
我好喜歡這幅畫。

이번 전시회에 많은 작품들이 전시될 거예요.
衣崩 重西灰耶 蠻能 插鋪恩的里 蟲西腿兒 溝耶呦
i.bo*n/jo*n.si.hwe.e/ma.neun/jak.pum.deu.ri/jo*n.si.dwel/go*.ye.yo
這次的展覽會有很多作品參展。

티켓은 어디서 삽니까?
踢K神 喔滴搜 三你嘎
ti.ke.seun/o*.di.so*/sam.ni.ga
票要在哪裡買？

같이 공연을 보러 갈래요?
卡器 空呦呢 波囉 卡兒累呦
ga.chi/gong.yo*.neul/bo.ro*/gal.le*.yo
要一起去看表演嗎？

오늘 표는 아직 있습니까?
喔呢兒 匹呦能 阿寄 依森你嘎

o.neul/pyo.neun/a.jik/it.sseum.ni.ga
今天的票還有嗎？

내일 같이 미술관에 갈래요?
內衣兒 卡器 咪酥兒寬內 卡兒累呦
ne*.il/ga.chi/mi.sul.gwa.ne/gal.le*.yo
明天要不要一起去美術館？

이 그림은 정말 아름답네요.
衣 可令們 寵馬兒 啊冷答內呦
i/geu.ri.meun/jo*ng.mal/a.reum.dam.ne.yo
這幅圖畫真美。

수채화 좋아하세요?
酥疵耶花 醜啊哈誰呦
su.che*.hwa/jo.a.ha.se.yo
你喜歡水彩畫嗎？

정말 훌륭한 작품이군요.
寵馬兒 呼兒溜憨 插鋪咪苦妞
jo*ng.mal/hul.lyung.han/jak.pu.mi.gu.nyo
真是很棒的作品。

相關詞彙

그림 전시회
可令恩 重西灰
geu.rim/jo*n.si.hwe
畫展

유화
U花
yu.hwa
油畫

수묵화
酥木花
su.mu.kwa
水墨畫

서예전
搜耶總恩
so*.ye.jo*n
書法展

조각전
醜卡總恩
jo.gak.jjo*n
雕刻展

도예전
投耶總恩
do.ye.jo*n
陶藝展

Unit 5
KTV唱歌

相關例句

가수 중에서 백지영을 특별히 좋아합니다.
卡酥 尊耶搜 配基庸兒 特匹呦里 醜阿憨你答
ga.su/jung.e.so*/be*k.jji.yo*ng.eul/teuk.byo*l.hi/jo.a.ham.ni.da
歌手中我特別喜歡白智英。

저는 한국노래를 좋아하게 되었습니다.
醜能 憨估呢喔累惹 醜阿哈給 腿喔森你答
jo*.neun/han.gung.no.re*.reul/jjo.a.ha.ge/dwe.o*t.sseum.ni.da
我喜歡上了韓國歌曲。

나는 팝송을 좋아해요.
那能 怕松兒 醜阿黑呦
na.neun/pap.ssong.eul/jjo.a.he*.yo
我喜歡流行歌曲。

노래 부르는 것을 좋아하세요?
呢喔累 鋪了能 溝奢 醜阿哈誰呦
no.re*/bu.reu.neun/go*.seul/jjo.a.ha.se.yo
你喜歡唱歌嗎？

한국 노래방에 가 본 적이 있으십니까?
憨估 呢喔累幫耶 卡 朋 走可衣 衣思新你嘎
han.guk/no.re*.bang.e/ga/bon/jo*.gi/i.sseu.sim.ni.ga
你去過韓國的練歌房嗎？

相關詞彙

일본노래
衣兒崩樓累
il.bon.no.re*
日本歌

한국노래
憨姑樓累
han.gung.no.re*
韓語歌

영어노래
庸喔呢喔累
yo*ng.o*.no.re*
英語歌

중국노래
純姑樓累
jung.gung.no.re*
中文歌

옛날 곡
耶那兒 口
yen.nal.gok
老歌

신곡
新口
sin.gok
新歌

악단
阿彈
ak.dan
樂團

가사
卡沙
ga.sa
歌詞

작곡가
插古嘎
jak.gok.ga
作曲家

작사가
插沙嘎
jak.ssa.ga
作詞家

相關例句

이 근처에 좋은 옷 가게를 알고 있습니까?
衣 肯抽耶 醜恩 喔 卡給惹 阿兒溝 依森你嘎
i/geun.cho*.e/jo.eun/ot/ga.ge.reul/al.go/it.sseum.ni.ga
你知道這附近哪裡有不錯的服飾店嗎？

화장품은 어디에서 파나요?
花髒鋪悶恩 喔滴耶搜 怕那呦
hwa.jang.pu.meun/o*.di.e.so*/pa.na.yo
化妝品在哪裡賣？

여성복은 몇 층에 있습니까?
呦松波跟 謬 層耶 依森你嘎
yo*.so*ng.bo.geun/myo*t/cheung.e/it.sseum.ni.ga
女性服飾在幾樓？

어떤 사이즈가 필요합니까?
喔東 沙衣資嘎 匹溜喊你嘎
o*.do*n/sa.i.jeu.ga/pi.ryo.ham.ni.ga
你需要什麼尺寸？

이건 따로 팝니까?
衣拱 答囉 胖你嘎
i.go*n/da.ro/pam.ni.ga
這個有另外賣嗎？

이것 좀 신어 봐도 될까요?
衣狗 綜 新樓 怕豆 腿兒嘎呦
i.go*t/jom/si.no*/bwa.do/dwel.ga.yo
這個我可以試穿看看嗎？

이건 너무 아름답습니다. 얼마예요?
衣拱 樓木 阿冷答森你答 喔兒馬耶呦
i.go*n/no*.mu/a.reum.dap.sseum.ni.da//o*l.ma.ye.yo
這個好美，多少錢？

예쁜 가방 몇 개를 추천해 주세요.
耶奔 卡幫 謬 給惹 粗蔥內 組誰呦
ye.beun/ga.bang/myo*t/ge*.reul/chu.cho*n.he*/ju.se.yo
請介紹幾個漂亮的包包給我。

서점은 어디에 있습니까?
搜總悶 喔滴耶 依森你嘎
so*.jo*.meun/o*.di.e/it.sseum.ni.ga
書局在哪裡？

다른 색이 있습니까?
他冷 誰可衣 依森你嘎
da.reun/se*.gi/it.sseum.ni.ga
有其他顏色嗎？

세금이 포함된 가격입니까?
誰可咪 波憨推 卡可呦可影你嘎
se.geu.mi/po.ham.dwen/ga.gyo*.gim.ni.ga
這是含稅的價格嗎？

어느 쇼핑몰이 세일하고 있습니까?
喔呢 休拼摸里 誰衣拉溝 依森你嘎
o*.neu/syo.ping.mo.ri/se.il.ha.go/it.sseum.ni.ga
哪家購物場所在打折？

어디에서 살 수 있죠?
喔滴耶搜 沙兒 酥衣救
o*.di.e.so*/sal/ssu/it.jjyo
在哪裡可以買的到？

좀 더 구경하겠습니다.
綜 投 苦可呦哈給森你答
jom/do*/gu.gyo*ng.ha.get.sseum.ni.da
我再逛逛。

너무 비싼 것 같네요.
樓木 匹三 狗 卡內呦
no*.mu/bi.ssan/go*t/gan.ne.yo
好像太貴了呢！

값을 좀 깎아 주세요.
卡色兒 綜 嘎嘎 租誰呦
gap.sseul/jjom/ga.ga/ju.se.yo
請算便宜一點。

현금으로 사면 좀 싸게 해 주시겠습니까?
呵呦恩可們囉 沙謬恩 綜 沙給 黑 租西給森你嘎
hyo*n.geu.meu.ro/sa.myo*n/jom/ssa.ge/he*.
ju.si.get.sseum.ni.ga
用現金買可以算便宜一點嗎？

이것으로 하겠습니다.
衣狗思囉 哈給森你答
i.go*.seu.ro/ha.get.sseum.ni.da
我要買這個。

지불은 어떻게 하시겠습니까?
基鋪愣 喔都K 哈西給森你嘎
ji.bu.reun/o*.do*.ke/ha.si.get.sseum.ni.ga
您要怎麼付款？

현금입니까? 카드입니까?
呵呦可咪你嘎 卡特影你嘎
hyo*n.geu.mim.ni.ga/ka.deu.im.ni.ga
您要付現金？還是刷卡？

전부 얼마입니까?
重鋪 喔兒馬影你嘎
jo*n.bu/o*l.ma.im.ni.ga
總共多少錢？

카드로 하겠습니다.
卡特囉 哈給森你答
ka.deu.ro/ha.get.sseum.ni.da
我要用信用卡付款。

영수증을 주시겠습니까?
庸酥整兒 租西給森你嘎
yo*ng.su.jeung.eul/jju.si.get.sseum.ni.ga
可以給我收據嗎？

입어 보세요.
衣波 波誰呦
i.bo*/bo.se.yo
你試穿看看。

저것 좀 보여 주세요.
醜狗 綜 波呦 組誰呦
jo*.go*t/jom/bo.yo*/ju.se.yo
請給我看那個。

감사합니다. 또 찾아 주세요.
砍殺憨你答 豆 擦炸 租誰呦
gam.sa.ham.ni.da//do/cha.ja/ju.se.yo
謝謝，歡迎再次光臨！

이것과 같은 것을 찾고 있는데요.
衣狗刮 卡特恩 狗奢 擦溝 衣能貼呦
i.go*t.gwa/ga.teun.go*.seul/chat.go.in.neun.de.yo
我在找和這個一樣的東西。

여기 선글라스를 팝니까?
呦可衣 松科兒辣思惹 胖你嘎
yo*.gi/so*n.geul.la.seu.reul/pam.ni.ga
這裡有賣墨鏡嗎？

손님, 마음에 드시면 싸게 드릴게요.
松濘 媽恩妹 特西謬恩 沙給 特里兒給呦
son.nim//ma.eu.me/deu.si.myo*n/ssa.ge/deu.ril.ge.yo
客人，您喜歡的話，我算您便宜一點。

손님, 사실 겁니까?
松濘 沙西兒 拱你嘎
son.nim//sa.sil/go*m.ni.ga
顧客，您要買嗎？

생각 좀 해 보고 올게요.
先嘎 綜 黑 波溝 喔兒給呦
se*ng.gak/jom/he*/bo.go/ol.ge.yo
我考慮看看再過來。

이거 하나 주세요.
衣狗 哈那 租誰呦
i.go*/ha.na/ju.se.yo
我要買一個這個。

따로따로 계산해 주세요.
答囉答囉 K三黑 租誰呦
da.ro.da.ro/gye.san.he*/ju.se.yo
請幫我分開結帳。

다른 사이즈로 바꿔도 될까요?
他冷 沙衣資囉 怕果豆 退兒嘎呦
da.reun/sa.i.jeu.ro/ba.gwo.do/dwel.ga.yo
我可以換成別的尺寸嗎？

이 신발을 반품하고 싶은데요.
衣 新怕惹 盤鋪媽溝 西噴貼呦
i/sin.ba.reul/ban.pum.ha.go/si.peun.de.yo
這雙鞋我想退貨。

相關詞彙

백화점
配誇總恩
be*.kwa.jo*m
百貨公司

슈퍼마켓
休波馬K
syu.po*.ma.ket
超級市場

사다
沙答
sa.da
買

팔다
怕兒答
pal.da
賣

브랜드
播累恩特
beu.re*n.deu
品牌

샘플
誰恩波兒
se*m.peul
樣品

비싸다
匹沙答
bi.ssa.da
昂貴

싸다
沙答
ssa.da
便宜

가격
卡可呦
ga.gyo*k
價格

쿠폰
哭朋
ku.pon
禮卷

무료
木溜
mu.ryo
免費

현금
呵呦跟恩
hyo*n.geum
現金

신용카드
新庸卡特
si.nyong.ka.deu
信用卡

Unit 7

喝酒

相關例句

어떤 종류의 양주가 있나요?
喔東 鐘溜耶 羊租嘎 衣那呦
o*.do*n/jong.nyu.ui/yang.ju.ga/in.na.yo
有哪些種類的洋酒？

무슨 술을 하시겠습니까?
木紳 酥惹 哈西給森你嘎
mu.seun/su.reul/ha.si.get.sseum.ni.ga
您要喝什麼酒？

맥주 있어요?
妹租 衣搜呦
me*k.jju/i.sso*.yo
有啤酒嗎？

얼음 좀 주세요.
喔冷 綜 租誰呦
o*.reum/jom/ju.se.yo
請給我冰塊。

맥주 두 잔 주세요.
妹租 禿 漲 租誰呦
me*k.jju/du/jan/ju.se.yo
請給我兩杯啤酒。

소주 한 병 더 주세요.
搜租 憨 匹呦恩 投 租誰呦
so.ju/han/byo*ng/do*/ju.se.yo
再給我一瓶燒酒。

안주는 무엇이 있습니까?
安租能 木喔西 依森你嘎
an.ju.neun/mu.o*.si/it.sseum.ni.ga
有什麼下酒菜？

자, 모두들 건배합시다.
插 摸嘟的兒 恐杯哈西答
ja//mo.du.deul/go*n.be*.hap.ssi.da
來，大家一起乾杯。

여러분 모두의 행복을 위하여!
呦囉鋪恩 摸嘟耶 黑恩波哥兒 烏衣哈呦
yo*.ro*.bun/mo.du.ui/he*ng.bo.geul/wi.ha.yo*
為了大家的幸福！

죽 비우세요.
住 匹烏誰呦
juk/bi.u.se.yo
要喝光！

전 술이라면 뭐든지 다 좋아요.
寵 酥里拉謬恩 摸等基 他 醜啊呦
jo*n/su.ri.ra.myo*n/mwo.deun.ji/da/jo.a.yo
只要是酒我都喜歡。

저는 술을 별로 못합니다.
醜能 酥惹 匹呦囉 摸貪你答
jo*.neun/su.reul/byo*l.lo/mo.tam.ni.da
我不太會喝酒。

相關詞彙

맥주
妹租
me*k.jju
啤酒

소주
搜租
so.ju
燒酒

샴페인
香配音恩
syam.pe.in
香檳

칵테일
卡貼衣兒
kak.te.il
雞尾酒

과실주
誇西兒租
gwa.sil.ju
水果酒

막걸리
罵溝兒里
mak.go*l.li
米酒

와인
哇引
wa.in
紅酒

생맥주
先恩妹租
se*ng.me*k.jju
生啤酒

양주
羊租
yang.ju
洋酒

청주
蔥恩租
cho*ng.ju
清酒

相關例句

좋은 관광 코스를 추천해 주시겠어요?
醜恩 狂光 口思惹 粗蔥內 租西給搜呦
jo.eun/gwan.gwang/ko.seu.reul/chu.cho*n.he*/ju.si.ge.sso*.yo
可以推薦不錯的觀光路線給我嗎？

가장 좋은 관광지는 어디입니까?
卡髒 醜恩 狂光基能 喔滴影你嘎
ga.jang/jo.eun/gwan.gwang.ji.neun/o*.di.im.ni.ga
最棒的觀光地在哪裡？

몇 시에 출발합니까?
謬 西耶 粗兒怕兒朗你嘎
myo*t/si.e/chul.bal.ham.ni.ga
幾點出發呢？

몇 시에 도착합니까?
謬 西耶 投擦砍你嘎
myo*t/si.e/do.cha.kam.ni.ga
幾點抵達呢？

서울의 관광안내 팸플릿이 있습니까?
搜烏累 狂光安內 胚恩波兒里西 依森你嘎
so*.u.rui/gwan.gwang.an.ne*/pe*m.peul.li.si/it.sseum.ni.ga
有首爾的觀光手冊嗎？

관광 안내소는 어디에 있습니까?
狂光 安內搜能 喔滴耶 依森你嘎
gwan.gwang/an.ne*.so.neun/o*.di.e/it.sseum.ni.ga
請問觀光服務台在哪裡？

여기서 시내 지도를 얻을 수 있습니까?
呦可衣搜 衣內 基頭惹 喔的兒 酥 依森你嘎
yo*.gi.so*/si.ne*/ji.do.reul/o*.deul/ssu/it.sseum.ni.ga
這裡可以領取市區的地圖嗎？

호텔을 좀 예약해 주실 수 있습니까?
齁貼惹 綜 耶押K 租西兒 酥 依森你嘎
ho.te.reul/jjom/ye.ya.ke*/ju.sil/su/it.sseum.ni.ga
可以幫我預約飯店嗎？

어디서 환전할 수 있지요?
喔滴搜 歡宗那兒 酥 衣基呦
o*.di.so*/hwan.jo*n.hal/ssu/it.jji.yo
哪裡可以換錢呢？

야경을 볼 수 있는 곳을 아십니까?
呀可呦兒 波兒 酥 衣能 口舌 阿新你嘎
ya.gyo*ng.eul/bol/su/in.neun/go.seul/a.sim.ni.ga
你知道哪裡有可以欣賞夜景的地方嗎？

세금과 봉사료가 포함되어 있습니까?
誰跟瓜 波恩沙柳嘎 波憨腿喔 衣森你嘎
se.geum.gwa/bong.sa.ryo.ga/po.ham.dwe.o*/
it.sseum.ni.ga
有包含稅金和服務費嗎？

相關詞彙

해외 여행
黑威 呦黑恩
he*.we/yo*.he*ng
海外旅行

국내 여행
苦內 呦黑兒
gung.ne*/yo*.he*ng
國內旅遊

여행하다
呦黑恩哈答
yo*.he*ng.ha.da
旅行

관광하다
狂光哈答
gwan.gwang.ha.da
觀光

여행사
呦黑恩沙
yo*.he*ng.sa
旅行社

호텔
齁貼兒
ho.tel
飯店

빈 방
拼 幫
bin.bang
空房

면세품
謬恩誰鋪恩
myo*n.se.pum
免稅品

비행기
匹黑恩基
bi.he*ng.gi
飛機

여권
呦果恩
yo*.gwon
護照

짐
基恩
jim
行李

슈트케이스
休特K衣思
syu.teu.ke.i.seu
手提箱

Unit 9

搭火車

相關例句

부산에 가는 표가 아직 있습니까?
鋪三內 卡能 匹呦嘎 啊寄 衣森你嘎
bu.sa.ne/ga.neun/pyo.ga/a.jik/it.sseum.ni.ga
還有去釜山的火車票嗎？

운행 스케줄을 어디서 볼 수 있어요?
溫黑恩 思K租惹 喔滴搜 波兒 酥 衣搜呦
un.he*ng/seu.ke.ju.reul/o*.di.so*/bol.su.i.sso*.yo
哪裡可以看到火車時刻表？

기차표를 어디서 사야 하나요?
可衣擦匹呦惹 喔滴搜 沙呀 哈那呦
gi.cha.pyo.reul/o*.di.so*/sa.ya/ha.na.yo
火車票在哪買呢？

기차역이 어디에 있습니까?
可衣擦右可衣 喔滴耶 衣森你嘎
gi.cha.yo*.gi/o*.di.e/it.sseum.ni.ga
火車站在哪裡呢？

매표소는 어디에 있습니까?
妹匹呦搜能 喔滴耶 衣森你嘎
me*.pyo.so.neun/o*.di.e/it.sseum.ni.ga
售票口在哪裡？

다음 정거장은 어디입니까?
她恩 寵溝髒恩 喔滴影你嘎
da.eum/jo*ng.go*.jang.eun/o*.di.im.ni.ga
下一站是哪裡？

마지막 전철은 몇 시입니까?
媽基馬 重醜冷 謬 西影你嘎
ma.ji.mak/jo*n.cho*.reun/myo*t/si.im.ni.ga
最後一台電車是幾點？

직행인가요?
寄黑恩影嘎呦
ji.ke*ng.in.ga.yo
是直達列車嗎？

승차권을 보여 주십시오.
森擦果呢兒 波呦 租西不休
seung.cha.gwo.neul/bo.yo*/ju.sip.ssi.o
請出示乘車券。

편도표 두 장 부탁합니다.
匹呦恩都匹呦 吐 髒 鋪他砍你答
pyo*n.do.pyo/du/jang/bu.ta.kam.ni.da
請給我兩張單程票。

대구까지 얼마입니까?
貼估嘎幾 喔兒媽影你嘎
de*.gu.ga.ji/o*l.ma.im.ni.ga
到大邱要多少錢？

相關詞彙

기차역
可衣擦右
gi.cha.yo*k
火車站

매표소
妹匹呦搜
me*.pyo.so
售票處

시각표
西卡匹呦
si.gak.pyo
時刻表

열차
呦兒擦
yo*l.cha
列車

철도
醜兒豆
cho*l.do
鐵路

플랫폼
波兒累鋪恩
peul.le*t.pom
月台

Chapter 7
聊天話題

家庭背景

相關例句

가족에 대해 좀 말씀해 주시겠습니까?
卡走給 貼黑 綜 媽兒森妹 租西給森你嘎
ga.jo.ge/de*.he*/jom/mal.sseum.he*/ju.si.get.sseum.ni.ga
能談談你的家人嗎？

전 아직 결혼하지 않았어요.
重 啊寄 可呦龍哈基 安那搜呦
jo*n/a.jik/gyo*l.hon.ha.ji/a.na.sso*.yo
我還沒結婚。

우리 식구는 다섯 명입니다.
烏里 系估能 他搜 謬影你答
u.ri/sik.gu.neun/da.so*t/myo*ng.im.ni.da
我家有五個人。

아이들은 몇 명이나 됩니까?
阿衣的冷恩 謬 謬恩衣那 腿你嘎
a.i.deu.reun/myo*t/myo*ng.i.na/dwem.ni.ga
你有幾個孩子？

언니가 둘 있는데 오빠는 없습니다.
翁你嘎 兔兒 衣能貼 喔爸能 喔森你答

o*n.ni.ga/dul/in.neun.de/o.ba.neun/o*p.sseum.ni.da
我有兩個姐姐，沒有哥哥。

저는 김영은이라고 합니다.
醜能 可衣恩庸恩衣拉溝 憨你答
jo*.neun/gi.myo*ng.eu.ni.ra.go/ham.ni.da
我名叫金英恩。

처음 뵙겠습니다. 저는 박연희입니다.
抽恩 配給森你答 醜能 怕永西影你答
cho*.eum/bwep.get.sseum.ni.da//jo*.neun/ba.gyo*n.hi.im.ni.da
初次見面，我是朴妍熙。

그분은 저의 아버님이세요.
可鋪能 醜耶 啊波濘衣誰呦
geu.bu.neun/jo*.ui/a.bo*.ni.mi.se.yo
那位是我的父親。

아버님은 무슨 일을 하십니까?
啊波濘悶恩 目神 衣惹 哈新你嘎
a.bo*.ni.meun/mu.seun/i.reul/ha.sim.ni.ga
您父親在做什麼工作？

저는 독자입니다.
醜能 透炸影你答
jo*.neun/dok.jja.im.ni.da
我是獨生子。

형제가 몇이나 됩니까?
喝呦賊嘎 謬七那 腿你嘎
hyo*ng.je.ga/myo*.chi.na/dwem.ni.ga
你有幾個兄弟姊妹？

우리는 아이가 없어요.
烏里能 啊衣嘎 喔搜呦
u.ri.neun/a.i.ga/o*p.sso*.yo
我們沒有小孩。

집이 어디에 있습니까?
幾逼 喔滴耶 衣森你嘎
ji.bi/o*.di.e/it.sseum.ni.ga
你家在哪裡？

집이 서울에 있습니다.
基逼 搜烏勒 衣森你答
ji.bi/so*.u.re/it.sseum.ni.da
我的家在首爾。

저는 혼자서 살아요.
醜能 哄炸搜 沙拉呦
jo*.neun/hon.ja.so*/sa.ra.yo
我一個人住。

저희 집은 대가족입니다.
醜西 機笨恩 貼卡走影你答
jo*.hi/ji.beun/de*.ga.jo.gim.ni.da
我家是個大家族。

고향은 어디에 있어요?
口羊恩 喔滴耶 衣搜呦
go.hyang.eun/o*.di.e/i.sso*.yo
你的故鄉在哪裡？

相關詞彙

가족
卡奏
ga.jok
家屬

친척
親湊
chin.cho*k
親戚

아버지
啊波基
a.bo*.ji
父親

어머니
喔摸你
o*.mo*.ni
母親

형
呵呦恩
hyo*ng
哥哥（弟弟稱呼哥哥）

오빠
喔爸
o.ba
哥哥（妹妹稱呼哥哥）

언니
翁恩你
o*n.ni
姊姊（妹妹稱呼姊姊）

누나
努那
nu.na
姊姊（弟弟稱呼姊姊）

남동생
男通先恩
nam.dong.se*ng
弟弟

여동생
呦通先恩
yo*.dong.se*ng
妹妹

할머니
哈兒摸你
hal.mo*.ni
奶奶

할아버지
哈拉波基
ha.ra.bo*.ji
爺爺

남편
男匹呦恩
nam.pyo*n
丈夫

아내
啊內
a.ne*
妻子

아들
啊的兒
a.deul
兒子

딸
大兒
dal
女兒

Unit 2

戀愛

Track 54

相關例句

그 여자 어디가 좋은 거야?
可 呦炸 喔滴嘎 醜恩 狗呀
geu/yo*.ja/o*.di.ga/jo.eun/go*.ya
你喜歡她哪裡啊？

우린 지금 사귀는 사이야.
烏領 基跟恩 沙虧能 沙衣呀
u.rin/ji.geum/sa.gwi.neun/sa.i.ya
我們現在是男女朋友的關係。

그녀랑 사귀니?
可妞郎 沙虧你
geu.nyo*.rang/sa.gwi.ni
你和她在交往嗎？

요즘 사귀는 사람 있나요?
呦爭 沙虧能 沙郎 衣那呦
yo.jeum/sa.gwi.neun/sa.ram/in.na.yo
你最近有交往的對象嗎？

이상형이 어떻게 돼요?
衣商呵呦恩衣 喔豆K 腿呦
i.sang.hyo*ng.i/o*.do*.ke/dwe*.yo
你的理想型是？

저에게 소개 좀 해 주세요.
醜耶給 搜給 綜 黑租誰呦
jo*.e.ge/so.ge*/jom/he*/ju.se.yo
請介紹給我吧。

그는 어떤 사람이야?
可能 喔冬 沙郎咪呀
geu.neun/o*.do*n/sa.ra.mi.ya
他是什麼樣的人？

만난 지 얼마나 됐어요?
蠻男 基 喔兒媽那 腿搜呦
man.nan/ji/o*l.ma.na/dwe*.sso*.yo
你們交往多久了？

우리 헤어졌어요.
烏里 黑喔糾搜呦
u.ri/he.o*.jo*.sso*.yo
我們分手了。

그가 바람을 피웠어요.
可嘎 怕拉悶兒 匹喔搜呦
geu.ga/ba.ra.meul/pi.o*.sso*.yo
他劈腿了。

그녀는 나를 거절했어요.
可妞能 那惹 口走累搜呦
geu.nyo*.neun/na.reul/go*.jo*l.he*.sso*.yo
她拒絕我了。

그는 내 타입이 아니었어요.
可能 內 他衣逼 阿你喔搜呦
geu.neun/ne*/ta.i.bi/a.ni.o*.sso*.yo
他不是我喜歡的類型。

우리는 서로 사랑합니다.
烏里能 搜囉 沙郎憨你答
u.ri.neun/so*.ro/sa.rang.ham.ni.da
我們彼此相愛。

나는 그녀를 영원히 사랑할 거예요.
那能 可妞惹 勇我你 沙郎哈兒 溝耶呦
na.neun/geu.nyo*.reul/yo*ng.won.hi/sa.rang.hal/go*.ye.yo
我會永遠愛她。

당신은 나의 전부입니다.
談西能 那耶 重鋪影你答
dang.si.neun/na.ui/jo*n.bu.im.ni.da
你是我的全部。

난 널 사랑하기 위해 태어났어.
男 呢喔兒 沙郎哈可衣 烏衣黑 貼喔那搜
nan/no*l/sa.rang.ha.gi/wi.he*/te*.o*.na.sso*
我是為了愛你而出生的。

네가 필요해.
你嘎 匹溜黑
ne.ga/pi.ryo.he*
我需要你。

곧 당신에게 돌아 올게요.
購 談西內給 投拉 喔兒給呦
got/dang.si.ne.ge/do.ra/ol.ge.yo
我會馬上回到你的身邊。

넌 내 거야!
農 內 狗呀
no*n/ne*/go*.ya
你是我的！

내 마음 속엔 너만 있다.
內 媽恩 搜給恩 呢喔蠻 衣答
ne*/ma.eum/so.gen/no*.man/it.da
我心裡只有你。

어떤 남자를 좋아하세요?
喔冬 男渣惹 醜阿哈誰呦
o*.do*n/nam.ja.reul/jjo.a.ha.se.yo
你喜歡怎樣的男生？

잘 생기고 돈이 많은 사람을 좋아해요.
插兒 先可衣溝 投你 媽能 沙拉悶兒 醜阿黑呦
jal/sse*ng.gi.go/do.ni/ma.neun/sa.ra.meul/jjo.a.he*.yo
我喜歡長得帥錢又多的人。

눈이 크고 날씬한 여자를 좋아합니다.
努你 科溝 那兒西男 呦渣惹 醜阿憨你答

nu.ni/keu.go/nal.ssin.han/yo*.ja.reul/jjo.a.ham.ni.da
我喜歡大眼睛又苗條的女生。

相關詞彙

사귀다
沙虧答
sa.gwi.da
交往

헤어지다
嘿喔基答
he.o*.ji.da
分手

실연하다
西溜哈答
si.ryo*n.ha.da
失戀

고백하다
口杯卡答
go.be*.ka.da
告白

키스하다
可衣思哈答
ki.seu.ha.da
接吻

화해하다
花黑哈答
hwa.he*.ha.da
和解

커플
口波兒
ko*.peul
情侶

첫사랑
抽沙郎
cho*t.ssa.rang
初戀

짝사랑
炸沙郎
jjak.ssa.rang
單戀

발렌타인 데이
怕兒勒恩他銀 貼衣
bal.len.ta.in/de.i
情人節

相關例句

내년에 그와 결혼 할 것입니다.
內妞內 可哇 可呦龍 哈兒 狗新你答
ne*.nyo*.ne/geu.wa/gyo*l.hon/hal/go*.sim.ni.da
我明年要和他結婚。

그녀와 약혼을 했어요.
科妞哇 呀恐呢兒 黑搜呦
geu.nyo*.wa/ya.ko.neul/he*.sso*.yo
我和她訂婚了。

그와 연락이 끊어졌어요.
可哇 庸拉可衣 跟呢喔糾搜呦
geu.wa/yo*l.la.gi/geu.no*.jo*.sso*.yo
我和他沒有連絡了。

우리는 파혼했어요.
烏里能 怕哄黑搜呦
u.ri.neun/pa.hon.he*.sso*.yo
我們解除婚約了。

결혼 하셨나요?
可呦兒哄 哈休那呦
gyo*l.hon/ha.syo*n.na.yo
你結婚了嗎？

저는 결혼했습니다.
醜能 可呦龍黑森你答
jo*.neun/gyo*l.hon.he*t.sseum.ni.da
我結婚了。

언제 결혼할 거예요?
翁賊 可呦龍哈兒 溝耶呦
o*n.je/gyo*l.hon.hal/go*.ye.yo
你什麼時候要結婚？

몇 살에 결혼했으면 합니까?
謬 沙累 可呦龍黑思謬恩 憨你嘎
myo*t/sa.re/gyo*l.hon.he*.sseu.myo*n/ham.ni.ga
你希望幾歲結婚？

어떤 사람과 결혼하고 싶습니까?
喔冬 沙郎瓜 可呦龍那溝 西森你嘎
o*.do*n/sa.ram.gwa/gyo*l.hon.ha.go/sip.sseum.ni.ga
你想和哪種人結婚？

언제 그녀와 결혼할 겁니까?
翁賊 可妞哇 可呦龍哈兒 溝你嘎
o*n.je/geu.nyo*.wa/gyo*l.hon.hal/go*m.ni.ga
你什麼時候要和她結婚？

두 분은 언제 결혼할 계획이세요?
吐 布恩能 翁賊 可呦龍哈兒 K灰可衣誰呦
du/bu.neun/o*n.je/gyo*l.hon.hal/gye.hwe.gi.se.yo
你們兩位計畫什麼時候結婚？

유미 씨의 결혼 날짜가 언제지요?
U咪 系耶 可呦龍 那兒渣嘎 翁賊基呦
yu.mi/ssi.ui/gyo*l.hon/nal.jja.ga/o*n.je.ji.yo
由美的結婚日期是什麼時候？

우리는 제주도로 신혼 여행 가요.
烏里能 賊租斗囉 新哄 呦黑恩 卡呦
u.ri.neun/je.ju.do.ro/sin.hon/yo*.he*ng/ga.yo
我們要去濟州島新婚旅行。

당신의 결혼 생활은 행복합니까?
談欣耶 可呦龍 先恩花冷 黑恩波砍你嘎
dang.si.nui/gyo*l.hon/se*ng.hwa.reun/he*ng.bo.kam.ni.ga
你的結婚生活幸福嗎？

이 결혼은 행복하지 못합니다.
衣 可呦龍能 黑恩波卡基 摸貪你答
i/gyo*l.ho.neun/he*ng.bo.ka.ji/mo.tam.ni.da
這個婚姻不會幸福。

저는 결혼한 지 5년이 됐습니다.
醜能 可呦龍憨 基 喔妞你 腿森你答
jo*.neun/gyo*l.hon.han/ji/o.nyo*.ni/dwe*t.sseum.ni.da
我結婚有五年了。

두 분이 언제, 어떻게 알게 됐는지요?
吐 鋪你 翁賊 喔豆K 阿兒給 腿能基呦
du/bu.ni/o*n.je//o*.do*.ke/al.ge/dwe*n.neun.ji.yo
你們兩個是什麼時候、怎麼認識的？

相關詞彙

약혼자
呀空炸
ya.kon.ja
未婚夫

약혼녀
呀空妞
ya.kon.nyo*
未婚妻

장가가다
長嘎卡答
jang.ga.ga.da
娶

시집가다
西擠卡答
si.jip.ga.da
嫁

결혼식
可呦龍恩系
gyo*l.hon.sik
結婚典禮

신혼집
新哄擠
sin.hon.jip
新婚房

신랑 들러리
新郎 特兒囉里
sil.lang/deul.lo*.ri
伴郎

신부 들러리
新鋪 特兒囉里
sin.bu/deul.lo*.ri
伴娘

혼수
轟酥
hon.su
嫁妝

축의금

促衣跟恩

chu.gui.geum

禮金、紅包

웨딩사진

圍丁沙金

we.ding.sa.jin

婚紗照

허니문 여행

齁你目恩 呦黑恩

ho*.ni.mun/yo*.he*ng

蜜月旅行

居住地／故鄉

相關例句

어떤 곳에 사십니까?
喔冬 溝誰 沙新你嘎
o*.do*n/go.se/sa.sim.ni.ga
你住在什麼地方？

저는 아파트에 삽니다.
醜能 阿怕特耶 山你答
jo*.neun/a.pa.teu.e/sam.ni.da
我住在大樓公寓。

그 곳에 사신 지 얼마나 되셨습니까?
可 狗誰 沙新 基 喔兒媽那 腿休森你嘎
geu/go.se/sa.sin/ji/o*l.ma.na/dwe.syo*t.sseum.ni.ga
你住在那裡多久了？

얼마나 자주 이사를 가십니까?
喔媽那 插朱 衣沙惹 卡新你嘎
o*l.ma.na/ja.ju/i.sa.reul/ga.sim.ni.ga
你多久搬一次家？

어디에 사세요?
喔滴耶 沙誰呦
o*.di.e/sa.se.yo
你住哪裡？

집은 어디에 있습니까?
基笨 喔滴耶 衣森你嘎
ji.beun/o*.di.e/it.sseum.ni.ga
你家在哪裡？

집은 학교에서 멀어요?
基笨 哈可呦耶搜 摸囉呦
ji.beun/hak.gyo.e.so*/mo*.ro*.yo
你家離學校遠嗎？

어떤 지역에 살고 싶으세요?
喔東 基又給 沙兒溝 西波誰呦
o*.do*n/ji.yo*.ge/sal.go/si.peu.se.yo
您想住在哪個地區？

주소를 알 수 있을까요?
煮搜惹 阿兒 酥 衣奢嘎呦
ju.so.reul/al/ssu/i.sseul.ga.yo
可以讓我知道你的地址嗎？

친구랑 학교 기숙사에서 같이 살아요.
親估郎 哈個呦 可衣酥沙耶搜 卡器 沙拉呦
chin.gu.rang/hak.gyo/gi.suk.ssa.e.so*/ga.chi/sa.ra.yo
我和朋友一起住在學校宿舍。

부모님과 함께 집에 살아요.
鋪摸您瓜 憨給 幾杯 沙拉呦
bu.mo.nim.gwa/ham.ge/ji.be/sa.ra.yo
我和父母一起住。

相關詞彙

집
擠
jip
家

가옥
卡喔
ga.ok
房屋

아파트
阿怕特
a.pa.teu
公寓

빌딩
匹兒丁
bil.ding
大樓

별장
匹呦兒髒
byo*l.jang
別墅

고시텔
溝西貼兒
go.si.tel
考試院

거실
口西兒
go*.sil
客廳

방
胖恩
bang
房間

부엌
鋪喔
bu.o*k
廚房

베란다
陪蘭答
be.ran.da
陽臺

興趣

相關例句

취미가 무엇입니까?
去咪嘎 目喔新你嘎
chwi.mi.ga/mu.o*.sim.ni.ga
你的興趣是什麼？

어떤 것에 흥미를 느낍니까?
喔冬 狗誰 呵咪惹 呢可影你嘎
o*.do*n/go*.se/heung.mi.reul/neu.gim.ni.ga
你對什麼感興趣？

제 취미는 음악 감상입니다.
賊 去咪能 恩啊 砍商影你答
je/chwi.mi.neun/eu.mak/gam.sang.im.ni.da
我的興趣是聽音樂。

제 취향에 맞지 않습니다.
賊 去喝呀耶 媽基 安森你答
je/chwi.hyang.e/mat.jji/an.sseum.ni.da
不符合我的愛好。

어떤 연극을 좋아하세요?
喔冬 庸恩個哥兒 醜阿哈誰呦
o*.do*n/yo*n.geu.geul/jjo.a.ha.se.yo
你喜歡什麼戲劇？

무언가를 수집하십니까?
目翁嘎惹 酥基怕新你嘎
mu.o*n.ga.reul/ssu.ji.pa.sim.ni.ga
你有在收集東西嗎？

저는 한국 문화에 깊은 관심을 갖고 있습니다.
醜能 憨估 目恩花耶 可衣噴 款西悶兒 卡溝 衣森你答
jo*.neun/han.guk/mun.hwa.e/gi.peun/gwan.si.meul/gat.go/it.sseum.ni.da
我對韓國文化有很深的興趣。

골동품을 수집하십니까?
口兒童鋪悶兒 酥基怕新你嘎
gol.dong.pu.meul/ssu.ji.pa.sim.ni.ga
你有收集古董嗎？

뭐 하는 거 좋아해요?
摸 哈能 溝 醜阿黑呦
mwo/ha.neun/go*/jo.a.he*.yo
你喜歡做什麼事？

야구 보는 거 좋아하세요?
呀估 波能 溝 醜阿哈誰呦
ya.gu/bo.neun/go*/jo.a.ha.se.yo
你喜歡看棒球嗎？

제 취미는 독서입니다.
賊 去咪能 透搜影你答
je/chwi.mi.neun/dok.sso*.im.ni.da
我的興趣是讀書。

相關詞彙

우표수집
烏匹呦酥基
u.pyo.su.jip
收集郵票

여행하기
呦黑恩哈可衣
yo*.he*ng.ha.gi
旅行

쇼핑하기
休拼哈可衣
syo.ping.ha.gi
購物

게임하기
給衣馬可衣
ge.im.ha.gi
玩遊戲

사진 찍기
沙金 寄可衣
sa.jin.jjik.gi
拍照

회화
灰花
hwe.hwa
繪畫

서예
搜耶
so*.ye
書法

꽃꽂이
口口基
got.go.ji
插花

낚시
那西
nak.ssi
釣魚

등산
疼山
deung.san
登山

Unit 6

音樂

相關例句

나는 발라드도 좋아하지만 클래식을 더 좋아해요.
那能 怕兒拉特豆 醜阿哈基慢 科兒內西哥兒 投 醜阿黑呦
na.neun/bal.la.deu.do/jo.a.ha.ji.man/keul.le*.si.geul/do*/jo.a.he*.yo
我喜歡聽抒情歌，但更喜歡聽古典樂。

이 음악은 내가 좋아하는 타입이야.
衣 恩阿根 內嘎 醜阿哈能 他衣逼呀
i/eu.ma.geun/ne*.ga/jo.a.ha.neun/ta.i.bi.ya
這首音樂是我喜歡的類型。

이번 콘서트는 학교 체육관에서 열릴 겁니다.
衣崩 空搜特能 哈個呦 疵耶U管內搜 呦兒里兒 拱你答
i.bo*n/kon.so*.teu.neun/hak.gyo/che.yuk.gwa.ne.so*/yo*l.lil/go*m.ni.da
這次的演唱會將在學校的體育館舉行。

어떤 종류의 음악을 좋아하세요?
喔冬 宗了U耶 恩阿哥兒 醜阿哈誰呦
o*.do*n/jong.nyu.ui/eu.ma.geul/jjo.a.ha.se.yo
你喜歡什麼種類的音樂？

음악을 매우 좋아합니다.
恩阿哥兒 妹烏 醜阿憨你答
eu.ma.geul/me*.u/jo.a.ham.ni.da
我很喜歡音樂。

대중 음악을 좋아합니다.
貼尊 恩阿哥兒 醜阿憨你答
de*.jung/eu.ma.geul/jjo.a.ham.ni.da
我喜歡大眾音樂。

클래식 음악 애호가입니다.
科兒累系 恩阿 矮齁嘎影你答
keul.le*.sik/eu.mak/e*.ho.ga.im.ni.da
我是古典音樂的愛好者。

베토벤을 대단히 좋아합니다.
胚投配呢兒 貼單呵衣 醜阿憨你答
be.to.be.neul/de*.dan.hi/jo.a.ham.ni.da
我非常喜歡貝多芬。

실내악보다는 관현악을 좋아해요.
西兒內阿波答能 關呵呦那哥兒 醜阿黑呦
sil.le*.ak.bo.da.neun/gwan.hyo*.na.geul/jjo.
a.he*.yo
比起室內樂，我更喜歡管弦樂。

록 음악을 좋아해요.
路 恩阿哥兒 醜阿黑呦
rok/eu.ma.geul/jjo.a.he*.yo
我喜歡搖滾樂。

저는 힙합을 좋아해요.
醜能 呵衣哈笨兒 醜阿黑呦
jo* neun/hi.pa.beul/jjo.a.he*.yo
我喜歡嘻哈音樂。

당신은 클래식 음악을 좋아하세요, 아니면 현대 음악을 좋아하세요?
談西能 科兒累系 恩阿哥兒 醜阿哈誰呦 阿你謬恩 呵呦恩爹 恩阿哥兒 醜阿哈誰呦
dang.si.neun/keul.le*.sik/eu.ma.geul/jjo.a.ha.se.yo//a.ni.myo*n/hyo*n.de*/eu.ma.geul/jjo.a.ha.se.yo
你喜歡古典音樂還是現代音樂？

음악을 틀까요?
恩阿哥兒 特兒嘎呦
eu.ma.geul/teul.ga.yo
要放音樂嗎？

相關詞彙

경음악
可呦恩恩罵
gyo*ng.eu.mak
輕音樂

고전 음악
摳宗恩 恩罵
go.jo*n/eu.mak
古典音樂

클래식
可兒累系
keul.le*.sik
古典音樂

관현악
管呵呦恩阿
gwan.hyo*.nak
管弦樂

교향곡
可呦呵呀恩口
gyo.hyang.gok
交響樂

독주곡
透租口
dok.jju.gok
獨奏曲

독창곡
透倉口
dok.chang.gok
獨唱曲

협주곡
呵呦租口
hyo*p.jju.gok
協奏曲

록 음악
漏 恩罵
ro/geu.mak
搖滾歌曲

알엔비
阿兒耶恩逼
a.ren.bi
節奏藍調（R&B）

相關例句

악기 다룰 줄 알아요?
阿可衣 他路兒 租兒 阿拉呦
ak.gi/da.rul/jul/a.ra.yo
你會演奏樂器嗎？

피아노 음악이라면 어떤 거라도 좋습니다.
匹阿呢喔 恩阿可衣拉謬恩 喔冬 溝拉豆 醜森你答
pi.a.no/eu.ma.gi.ra.myo*n/o*.do*n/go*.ra.do/
jo.sseum.ni.da
只要是鋼琴音樂，不管是什麼我都喜歡。

연주할 수 있는 악기가 있어요?
庸恩租哈兒 酥 衣能 阿可衣嘎 衣搜呦
yo*n.ju.hal/ssu/in.neun/ak.gi.ga/i.sso*.yo
你有會演奏的樂器嗎？

피아노를 치십니까?
匹阿呢喔惹 妻新你嘎
pi.a.no.reul/chi.sim.ni.ga
你會彈鋼琴嗎？

당신은 바이올린을 매우 잘 켜신다고 들었습니다.
談西能 怕衣喔兒里呢兒 妹烏 插兒 可呦新答溝 特囉森你答
dang.si.neun/ba.i.ol.li.neul/me*.u/jal/kyo*.sin.da.go/deu.ro*t.sseum.ni.da
聽說你小提琴拉得很好。

相關詞彙

피리
匹里
pi.ri
笛子

오르간
喔了感
o.reu.gan
管風琴

하프
哈波
ha.peu
豎琴

기타
可衣她
gi.ta
吉他

相關例句

저는 수영할 줄 몰라요.
醜能 酥庸哈兒 租兒 摸兒拉呦
jo*.neun/su.yo*ng.hal/jjul/mol.la.yo
我不會游泳。

그녀는 아마 너보다 수영을 잘 못할 거야.
可妞能 阿媽 呢喔波答 酥庸兒 插兒 摸他兒 溝呀
geu.nyo*.neun/a.ma/no*.bo.da/su.yo*ng.eul/jjal/mo.tal/go*.ya
她游泳大概沒有你會游。

난 조깅, 등산, 테니스를 좋아해.
男 醜可衣恩 登山 爹你思惹 醜阿黑
nan/jo.ging/deung.san/te.ni.seu.reul/jjo.a.he*
我喜歡跑步、爬山和打網球。

전 꾸준히 운동을 합니다.
寵 估租你 溫冬兒 憨你答
jo*n/gu.jun.hi/un.dong.eul/ham.ni.da
我勤於運動。

함께 운동하는 게 어때요?
憨給 溫冬哈能 給 喔爹呦
ham.ge/un.dong.ha.neun/ge/o*.de*.yo
我們一起運動，好嗎？

난 운동이 필요해요.
男 溫冬衣 匹溜黑呦
nan/un.dong.i/pi.ryo.he*.yo
我需要運動。

준영 씨는 운동신경이 좋군요.
尊庸 系能 溫冬新可呦衣 醜估妞
ju.nyo*ng/ssi.neun/un.dong.sin.gyo*ng.i/jo.ku.nyo
俊英你的運動神經很好耶！

건강을 유지하기 위해 전 매일 운동합니다.
空剛兒 U基哈可衣 烏衣黑 重 妹衣兒 溫冬憨你答
go*n.gang.eul/yu.ji.ha.gi/wi.he*/jo*n/me*.il/un.dong.ham.ni.da
為了維持健康，我每天都運動。

그는 야구를 잘 해요.
可能 呀估惹 插兒 黑呦
geu.neun/ya.gu.reul/jjal/he*.yo
他很會打棒球。

저는 농구를 잘 못합니다.
醜能 樓恩哭惹 插兒 摸貪你答
jo*.neun/nong.gu.reul/jjal/mo.tam.ni.da
我不太會打籃球。

골프를 할 줄 모르는데, 좀 가르쳐 줄 수 있어요?
口兒波惹 哈兒 租兒 摸了能爹 綜 卡了秋 租兒 酥衣搜呦
gol.peu.reul/hal/jjul/mo.reu.neun.de//jom/ga.reu.cho*/jul/su/i.sso*.yo
我不會打高爾夫，你可以教教我嗎？

어떤 운동을 할 줄 아세요?
喔東 溫東兒 哈兒 租兒 阿誰呦
o*.do*n/un.dong.eul/hal/jjul/a.se.yo
你會什麼運動？

저는 야구를 할 줄 압니다.
醜能 呀哭惹 哈兒 租兒 按你答
jo*.neun/ya.gu.reul/hal/jjul/am.ni.da
我會打棒球。

배드민턴을 잘 칩니까?
配特民投呢兒 插兒 親你嘎
be*.deu.min.to*.neul/jjal/chim.ni.ga
你羽毛球打得好嗎？

저는 요즘에 골프에 빠졌어요.
醜能 呦爭妹 口兒波耶 爸糾搜呦
jo*.neun/yo.jeu.me/gol.peu.e/ba.jo*.sso*.yo
我最近愛上了打高爾夫。

相關詞彙

테니스
貼你思
te.ni.seu
網球

골프
口兒波
gol.peu
高爾夫球

미식축구
咪系促古
mi.sik.chuk.gu
橄攬球

배드민턴
配特民投
be*.deu.min.to*n
羽毛球

탁구
他古
tak.gu
桌球

당구
糖古
dang.gu
撞球

배구
配古
be*.gu
排球

볼링
波兒領
bol.ling
保齡球

농구
樓恩古
nong.gu
籃球

야구
呀古
ya.gu
棒球

축구
粗古
chuk.gu
足球

수영
酥庸
su.yo*ng
游泳

조깅
抽可衣恩
jo.ging
慢跑

체조
疵耶醜
che.jo
體操

Unit 9

體育競賽

相關例句

어떤 스포츠를 좋아하세요?
喔東 思波資惹 醜阿哈誰呦
o*.do*n/seu.po.cheu.reul/jjo.a.ha.se.yo
你喜歡什麼體育運動？

우리 팀은 승산이 있는 거예요?
烏里 梯悶恩 生山你 衣能 狗耶呦
u.ri/ti.meun/seung.sa.ni/in.neun/go*.ye.yo
我們的隊有勝算嗎？

내일 축구시합은 어떤 팀들이 하는 거예요?
內衣兒 粗估西哈奔 喔冬 聽恩的里 哈能 狗耶呦
ne*.il/chuk.gu.si.ha.beun/o*.do*n/tim.deu.ri/ha.neun/go*.ye.yo
明天的足球比賽是哪隊和哪隊比？

어떤 팀이 이겼어요?
喔冬 梯咪 衣可呦搜呦
o*.do*n/ti.mi/i.gyo*.sso*.yo
哪一隊贏了？

경기는 7시에 시작될 겁니다.
可呦恩可衣能 衣兒狗西耶 西渣腿兒 拱你答
gyo*ng.gi.neun/il.gop.ssi.e/si.jak.dwel/go*m.

ni.da
比賽七點開始。

어느 팀을 응원하십니까?
喔呢 梯悶兒 恩我那新你嘎
o*.neu/ti.meul/eung.won.ha.sim.ni.ga
你支持哪一隊？

저는 약한 쪽을 응원하고 싶어요.
醜能 呀砍恩 走哥兒 恩我那溝 西波呦
jo*.neun/ya.kan/jjo.geul/eung.won.ha.go/si.po*.yo
我想支持弱的那一方。

시합 결과는 어떻게 되었나요?
西哈 可呦兒瓜能 喔豆K 腿喔那呦
si.hap/gyo*l.gwa.neun/o*.do*.ke/dwe.o*n.na.yo
比賽的結果如何？

경기는 무승부로 끝났습니다.
可呦恩可衣能 目森撲囉 跟那森你答
gyo*ng.gi.neun/mu.seung.bu.ro/geun.nat.sseum.ni.da
比賽以平手結束。

이 축구 경기는 3대3으로 비겼어요.
衣 粗估 可呦恩可衣能 三爹三呢囉 匹可呦搜呦
i/chuk.gu/gyo*ng.gi.neun/sam.de*.sa.meu.ro/bi.gyo*.sso*.yo
這場足球比賽以三比三平手。

경기는 아직 10분밖에 안 남았어요.
可呦恩可衣能 阿奇 系鋪恩怕給 安 那罵搜呦
gyo*ng.gi.neun/a.jik/sip.bun.ba.ge/an/na.ma.sso*.yo
比賽只剩下十分鐘。

우리 팀은 어제의 경기에서 2대1로 이겼어요.
烏里 梯悶恩 喔賊耶 可呦恩可衣耶搜 衣爹衣兒囉 衣可呦搜呦
u.ri/ti.meun/o*.je.ui/gyo*ng.gi.e.so*/i.de*.il.lo/i.gyo*.sso*.yo
我們的隊在昨天的比賽以二比一贏了。

우리 팀이 졌어요.
烏里 梯咪 就搜呦
u.ri/ti.mi/jo*.sso*.yo
我們隊輸了。

어제 야구 경기는 매우 재미있었습니다.
喔賊 呀估 可呦恩可衣能 妹烏 賊咪衣搜森你答
o*.je/ya.gu/gyo*ng.gi.neun/me*.u/je*.mi.i.sso*t.sseum.ni.da
昨天的棒球比賽很精彩。

相關詞彙

이기다
衣可衣答
i.gi.da
贏

지다
基答
ji.da
輸

비기다
匹可衣答
bi.gi.da
打成平手

응원하다
恩我那答
eung.won.ha.da
加油

전반전
重班總
jo*n.ban.jo*n
前半場

후반전
呼班總
hu.ban.jo*n
後半場

연장전
勇長總
yo*n.jang.jo*n
延長賽

타임아웃
他因阿烏
ta.i.ma.ut
喊暫停

중간휴식
純乾呵U系
jung.gan.hyu.sik
中場休息

Unit 10

外表／長相

相關例句

그녀는 어떻게 생겼어요?
可妞能 喔豆K 先可呦搜呦
geu.nyo*.neun/o*.do*.ke/se*ng.gyo*.sso*.yo
她長得怎麼樣？

영미 씨는 정말 영화 배우 같이 생겼어요.
勇咪 系能 寵媽兒 庸花 胚烏 卡器 先恩可呦搜呦
yo*ng.mi/ssi.neun/jo*ng.mal/yo*ng.hwa/be*.u/ga.chi/se*ng.gyo*.sso*.yo
英美長得真的很像電影演員。

당신은 누굴 닮았어요?
糖新能 努估兒 他兒罵搜呦
dang.si.neun/nu.gul/dal.ma.sso*.yo
你長得像誰？

저는 아버지를 닮았어요.
醜能 阿波基惹 他兒罵搜呦
jo*.neun/a.bo*.ji.reul/dal.ma.sso*.yo
我長得像爸爸。

그는 외모에 어떤 특징이 있나요?
可能 威摸耶 喔冬 特金衣 衣那呦
geu.neun/we.mo.e/o*.do*n/teuk.jjing.i/in.na.yo
他的外貌有什麼特徵？

아직도 여전히 젊으시네요.
阿寄豆 呦宗你 醜兒悶西內呦
a.jik.do/yo*.jo*n.hi/jo*l.meu.si.ne.yo
你還是很年輕呢！

넌 조금도 안 변했어.
呢喔恩 醜跟豆 安 匹呦內搜
no*n/jo.geum.do/an/byo*n.he*.sso*
你一點也沒變。

준영 씨는 참 잘 생겼네요.
尊庸 系能 餐 插兒 先恩可呦內呦
ju.nyo*ng/ssi.neun/cham/jal/sse*ng.gyo*n.ne.yo
俊英真的長得很帥耶！

제 몸무게가 많이 늘었어요.
賊 盟木K嘎 馬你 呢囉搜呦
je/mom.mu.ge.ga/ma.ni/neu.ro*.sso*.yo
我體重增加很多。

당신은 날씬해진 것 같네요.
談吸能 那兒系內金 狗 卡內呦
dang.si.neun/nal.ssin.he*.jin/go*t/gan.ne.yo
你好像變苗條了。

나는 키가 큰 남자가 좋아요.
那能 可衣嘎 坑 男渣嘎 醜阿呦
na.neun/ki.ga/keun/nam.ja.ga/jo.a.yo
我喜歡個子高的男生。

相關詞彙

외모
威摸
we.mo
外貌

몸매
盟妹
mom.me*
身材

체격
疵耶可呦
che.gyo*
體格

키
個衣
ki
身高

귀엽다
虧呦答
gwi.yo*p.da
可愛

예쁘다
耶波答
ye.beu.da
漂亮

아름답다
啊冷打答
a.reum.dap.da
美麗

멋지다
摸基答
mo*t.jji.da
帥

잘 생기다
插兒 先可衣答
jal/sse*ng.gi.da
好看、帥

잘 못 생기다
插兒 摸 先可衣答
jal/mot/se*ng.gi.da
醜

늙다
呢答
neuk.da
老

젊다
醜恩答
jo*m.da
年輕

키가 크다
可衣嘎 科答
ki.ga/keu.da
個子高

키가 작다
可衣嘎 插答
ki.ga/jak.da
個子矮

날씬하다
那兒西那答
nal.ssin.ha.da
苗條

뚱뚱하다
嘟恩嘟恩哈答
dung.dung.ha.da
胖

Unit 10

天氣

相關例句

오늘 날씨 어때요?
喔呢 那兒西 喔貼呦
o.neul/nal.ssi/o*.de*.yo
今天天氣怎麼樣？

날씨가 좋아요.
那兒西嘎 醜阿呦
nal.ssi.ga/jo.a.yo
天氣很好。

요즘 날씨가 점점 좋아지고 있어요.
呦爭 那兒系嘎 總總 醜阿基溝 衣搜呦
yo.jeum/nal.ssi.ga/jo*m.jo*m/jo.a.ji.go/i.sso*.yo
最近天氣慢慢變好了。

날씨가 조금씩 개고 있어요.
那兒系嘎 醜跟系 K溝 衣搜呦
nal.ssi.ga/jo.geum.ssik/ge*.go/i.sso*.yo
天氣慢慢轉晴了。

비가 그만 오면 좋겠어요.
匹嘎 可慢 喔謬恩 醜給搜呦
bi.ga/geu.man/o.myo*n/jo.ke.sso*.yo
希望別再下雨了。

날씨를 예측할 수 없어요.
那兒系惹 耶側卡兒 酥 喔不搜呦
nal.ssi.reul/ye.cheu.kal/ssu/o*p.sso*.yo
無法預測天氣。

오늘은 일기예보가 잘 맞았네요.
喔呢冷 衣兒可衣耶波嘎 插兒 媽渣內呦
o.neu.reun/il.gi.ye.bo.ga/jal/ma.jan.ne.yo
今天的氣象很準耶！

온도가 어떻게 되나요?
翁豆嘎 喔豆K 腿那呦
on.do.ga/o*.do*.ke/dwe.na.yo
氣溫是幾度？

밖은 무척 더워요.
怕跟 目湊 投我呦
ba.geun/mu.cho*k/do*.wo.yo
外面很熱。

날씨가 좋아서 가족과 등산 하러 가려고요.
那兒系嘎 醜阿搜 卡走瓜 登山 哈囉 卡溜溝呦
nal.ssi.ga/jo.a.so*/ga.jok.gwa/deung.san/ha.ro*/ga.ryo*.go.yo
天氣好，我想和家人一起去爬山。

하늘에 구름 한점 없습니다.
哈呢累 估冷 憨總 喔森你答
ha.neu.re/gu.reum/han.jo*m/o*p.sseum.ni.da
天空一點雲也沒有。

해가 나왔습니다.
黑嘎 那哇森你答
he*.ga/na.wat.sseum.ni.da
太陽出來了。

2주 동안 비가 전혀 오지 않았습니다.
衣租 同安 匹嘎 醜妞 喔基 安那森你答
i.ju/dong.an/bi.ga/jo*n.hyo*/o.ji/a.nat.sseum.ni.da
已經兩個星期沒有下雨了。

섭씨 30도입니다.
搜系 三系豆影你答
so*p.ssi/sam.sip.do.im.ni.da
攝氏30度。

비가 올 것 같습니다.
匹嘎 喔兒 狗 卡森你答
bi.ga/ol/go*t/gat.sseum.ni.da
好像要下雨了。

오늘 일기예보는 어떻습니까?
喔呢 衣兒可衣耶波能 喔豆森你嘎
o.neul/il.gi.ye.bo.neun/o*.do*.sseum.ni.ga
今天的天氣預報怎麼說？

눈이 올 거라고 생각하세요?
努你 喔兒 溝拉溝 先恩嘎卡誰呦
nu.ni/ol/go*.ra.go/se*ng.ga.ka.se.yo
你覺得會下雪嗎？

오늘 날씨가 따뜻하군요.
喔呢 那兒系嘎 答的他估妞
o.neul/nal.ssi.ga/da.deu.ta.gu.nyo
今天的天氣很溫暖呢！

눈이 멈췄습니다.
努你 盟搓森你答
nu.ni/mo*m.chwot.sseum.ni.da
雪停了。

날씨가 매우 안 좋지요?
那兒系嘎 妹烏 安 醜基呦
nal.ssi.ga/me*.u/an/jo.chi.yo
天氣很不好，對吧？

요즘 날씨가 변덕스럽군요.
呦爭 那兒系嘎 匹呦恩偷思囉古妞
yo.jeum/nal.ssi.ga/byo*n.do*k.sseu.ro*p.gu.nyo
最近天氣變化多端呢！

오늘은 바람이 붑니다.
喔呢冷 怕郎咪 鋪恩你答
o.neu.reun/ba.ra.mi/bum.ni.da
今天有風。

오늘은 날이 흐릴 것 같군요.
喔呢冷 那里 呵里兒 狗 卡古妞
o.neu.reun/na.ri/heu.ril/go*t/gat.gu.nyo
今天好像會是陰天。

밖에 비가 오나요?
怕給 匹嘎 喔那呦
ba.ge/bi.ga/o.na.yo
外面在下雨嗎？

여기 날씨는 한국 날씨와 아주 비슷해요.
呦可衣 那兒系能 憨估 那兒系哇 阿租 匹思貼呦
yo*.gi/nal.ssi.neun/han.guk/nal.ssi.wa/a.ju/bi.seu.te*.yo
這裡的天氣和韓國的天氣很類似。

언제쯤 눈이 그칠까요?
翁賊正 努你 可七兒嘎呦
o*n.je.jjeum/nu.ni/geu.chil.ga.yo
什麼時候雪會停呢？

나는 추운 겨울이 싫어요.
那能 粗溫 可呦烏里 西囉呦
na.neun/chu.un/gyo*.u.ri/si.ro*.yo
我討厭寒冷的冬天。

봄이 빨리 왔으면 좋겠어요.
朋咪 爸兒里 哇思謬恩 醜給捜呦
bo.mi/bal.li/wa.sseu.myo*n/jo.ke.sso*.yo
我希望春天快點到來。

相關詞彙

날씨
那兒系
nal.ssi
天氣

기후
可衣呼
gi.hu
氣候

일기예보
衣兒可衣耶波
il.gi.ye.bo
天氣預報

기온
可衣翁
gi.on
氣溫

도
豆
do
度

영하
庸哈
yo*ng.ha
零下

섭씨
搜系
so*p.ssi
攝氏

화씨
花系
hwa.ssi
華氏

봄
朋恩
bom
春

여름
呦冷
yo*.reum
夏

가을
卡兒
ga.eul
秋

겨울
可呦烏兒
gyo*.ul
冬

맑은 날
馬跟 那兒
mal.geun.nal
晴天

흐린 날
呵零 那兒
heu.rin.nal
陰天

먹구름
末估冷
mo*k.gu.reum
烏雲

번개
朋給
bo*n.ge*
閃電

천둥
蔥蹲
cho*n.dung
雷

장마
長馬
jang.ma
雨季

바람
怕郎恩
ba.ram
風

가랑비
卡郎匹
ga.rang.bi
毛毛雨

우박
烏怕
u.bak
冰雹

무지개
目基給
mu.ji.ge*
彩虹

눈
努恩
nun
雪

안개
安給
an.ge*
霧

자외선
插威松
ja.we.so*n
紫外線

일광
衣兒狂
il.gwang
日光

소나기
搜那可衣
so.na.gi
雷陣雨

구름
哭冷
gu.reum
雲

相關例句

오늘이 며칠이에요?
喔呢里 謬七里耶呦
o.neu.ri/myo*.chi.ri.e.yo
今天幾號？

5월 30일이에요.
喔我兒 三系里耶呦
o.wol/sam.si.bi.ri.e.yo
是5月30號。

오늘이 음력 며칠이지요?
喔呢里 恩溜 謬七里基呦
o.neu.ri/eum.nyo*k/myo*.chi.ri.ji.yo
今天陰曆幾號？

오늘이 무슨 요일이에요?
喔呢里 木神 呦衣里耶呦
o.neu.ri/mu.seun/yo.i.ri.e.yo
今天星期幾？

이번 주 토요일에 시간 있어요?
衣崩 租 偷呦衣累 吸乾 衣搜呦
i.bo*n/ju/to.yo.i.re/si.gan/i.sso*.yo
這星期六你有時間嗎？

몇 시죠?
謬 西救
myo*t/si.jyo
幾點？

1시 30분입니다.
憨西 三西鋪領你答
han.si/sam.sip.bu.nim.ni.da
一點半。

내 시계는 5분 늦어요.
內 西K能 喔鋪恩 呢走呦
ne*/si.gye.neun/o.bun/neu.jo*.yo
我的錶慢五分。

한국은 지금 몇 시죠?
憨估跟 基跟恩 謬 西糾
han.gu.geun/ji.geum/myo*t/si.jyo
韓國現在幾點？

오늘이 무슨 특별한 날입니까?
喔呢里 目森 特匹呦藍 那領你嘎
o.neu.ri/mu.seun/teuk.byo*l.han/na.rim.ni.ga
今天是什麼特別的日子嗎？

생일이 몇 월 며칠입니까?
先衣里 謬 我兒 謬七領你嘎
se*ng.i.ri/myo*t/wol/myo*.chi.rim.ni.ga
你生日是幾月幾號？

서두르세요.
搜禿了誰呦
so*.du.reu.se.yo
請快一點。

천천히 해요.
匆匆你 黑呦
cho*n.cho*n.hi/he*.yo
慢慢來。

서두를 것 없지요.
搜禿了兒 狗 喔基呦
so*.du.reul/go*t/o*p.jji.yo
不需要急。

우린 예정보다 늦었어요.
烏領 耶總波答 呢走搜呦
u.rin/ye.jo*ng.bo.da/neu.jo*.sso*.yo
我們比預定的時間還晚。

죄송하지만 오늘은 시간이 없는데요.
崔松哈基慢 喔呢冷 吸乾你 喔能貼呦
jwe.song.ha.ji.man/o.neu.reun/si.ga.ni/o*m.
neun.de.yo
對不起，我今天沒有時間。

낭비할 시간이 없습니다.
郎匹哈兒 西乾你 喔森你答
nang.bi.hal/ssi.ga.ni/o*p.sseum.ni.da

沒有時間可以浪費。

점심 시간은 1시간입니다.
重新恩 西乾能 憨西乾影你答
jo*m.sim/si.ga.neun/han.si.ga.nim.ni.da
午餐時間是一個小時。

학교는 아침 9시에 시작합니다.
哈可呦能 阿沁 阿齁西耶 西渣砍你答
hak.gyo.neun/a.chim/a.hop.ssi.e/si.ja.kam.ni.da
學校是早上9點開始上課。

이번 주말까지는 끝내야 합니다.
衣崩 租媽兒嘎基能 跟內呀 憨你答
i.bo*n/ju.mal.ga.jji.neun/geun.ne*.ya/ham.ni.da
這個周末以前必須要做完。

거기에 가는 데 시간이 얼마나 걸립니까?
狗可衣耶 卡能 貼 西乾你 喔兒媽那 口兒零你嘎
go*.gi.e/ga.neun/de/si.ga.ni/o*l.ma.na/go*l.lim.
ni.ga
去那裡要花多少時間？

몇 년도에 태어나셨어요?
謬 妞豆耶 爹喔那休搜呦
myo*t/nyo*n.do.e/te*.o*.na.syo*.sso*.yo
你是幾年度出生的？

마감은 6월 말입니다.
媽乾悶恩 U我兒 媽領你答
ma.ga.meun/yu.wol/ma.rim.ni.da
截止日期是六月底。

7월 15일까지 끝낼 수 있습니까?
妻囉兒 西波衣兒嘎基 跟內兒 酥 衣森你嘎
chi.rwol/si.bo.il.ga.ji/geun.ne*l/su/it.sseum.ni.ga
7月15日以前可以結束嗎？

이 계약은 2012년 12월 31일까지 유효합니다.
衣 K呀跟 衣蔥西逼妞 西逼我兒 三西逼兒衣兒嘎基 U呵呦憨你答
i/gye.ya.geun/i.cho*n.si.bi.nyo*n/si.bi.wol/sam.si.bi.ril.ga.ji/yu.hyo.ham.ni.da
這份契約有效期限到2012年12月31日。

그는 3일간 결근했습니다.
可能 三衣兒乾 可呦兒跟黑森你答
geu.neun/sa.mil.gan/gyo*l.geun.he*t.sseum.ni.da
他缺勤三天了。

대만과 뉴욕의 시차는 어느 정도입니까?
貼蠻瓜 U妞給 西擦能 喔呢 寵豆影你嘎
de*.man.gwa/nyu.yo.gui/si.cha.neun/o*.neu/jo*ng.do.im.ni.ga
台灣和紐約的時差是多少？

3시쯤 돌아올게요.
誰西爭 投拉喔兒給呦
se.si.jjeum/do.ra.ol.ge.yo
我大概三點會回來。

相關詞彙

오늘
喔呢
o.neul
今天

어제
喔賊
o*.je
昨天

내일
內衣兒
ne*.il
明天

그제
可賊
geu.je
前天

모레
摸累
mo.re
後天

매일
妹衣兒
me*.il
每天

이번 주
衣崩 租
i.bo*n/ju
這星期

지난 주
基男 租
ji.nan/ju
上星期

다음 주
答恩 租
da.eum/ju
下星期

매주
妹租
me*.ju
每周

지지난 주
基基男 租
ji.ji.nan/ju
上上星期

다다음 주
他他恩 租
da.da.eum/ju
下下星期

이번 달
衣崩 他兒
i.bo*n/dal
這個月

지난 달
基男 他兒
ji.nan/dal
上個月

다음 달
他恩 他兒
da.eum/dal
下個月

Unit 13
溝通方式

相關例句

사실 전 당신한테 물어볼 게 좀 있어서 왔습니다.
沙西兒 重 談西男貼 木囉波兒 給 綜 衣搜搜 哇森你答
sa.sil/jo*n/dang.sin.han.te/mu.ro*.bol/ge/jom/i.sso*.so*/wat.sseum.ni.da
其實我來是有事情想問你。

다음에 다시 얘기합시다.
他恩耶 他西 耶可衣哈西答
da.eu.me/da.si/ye*.gi.hap.ssi.da
我們下次再聊吧。

우리 솔직히 터놓고 말합시다.
烏里 搜兒基可衣 偷呢喔溝 媽拉西答
u.ri/sol.jji.ki/to*.no.ko/mal.hap.ssi.da
我們實話實說吧。

다른 사람에게 얘기해도 돼요?
他冷 沙郎妹給 耶可衣黑豆 腿呦
da.reun/sa.ra.me.ge/ye*.gi.he*.do/dwe*.yo
我可以跟別人說嗎？

다른 사람에게 말하지 마세요.
他冷 沙郎耶給 媽拉基 媽誰呦
da.reun/sa.ra.me.ge/mal.ha.jji/ma.se.yo
別跟別人說。

우리 본래 화제로 돌아갑시다.
烏里 朋累 花賊囉 投拉卡西答
u.ri/bol.le*/hwa.je.ro/do.ra.gap.ssi.da
我們言歸正傳吧。

우리 화제를 바꾸어 얘기합시다.
烏里 花賊惹 怕估喔 耶可衣哈西答
u.ri/hwa.je.reul/ba.gu.o*/ye*.gi.hap.ssi.da
我們換個話題聊吧。

저의 설명을 들어 보세요.
醜耶 搜兒謬兒 特囉 波誰呦
jo*.ui/so*l.myo*ng.eul/deu.ro*/bo.se.yo
請聽我說明。

그 일을 더 이상 말하지 마.
可 衣惹 投 衣商 媽拉基 媽
geu/i.reul/do*/i.sang/mal.ha.jji/ma
那件事別再提了。

네가 한 말 진짜야?
你嘎 憨 媽兒 金渣呀
ne.ga/han/mal/jjin.jja.ya
你這話是真的嗎？

그럼 다시 말하겠습니다.
可囉 他西 馬拉給森你答
geu.ro*m/da.si/mal.ha.get.sseum.ni.da
那我再說一次吧。

이러지 마세요. 냉정하십시오.
衣囉基 媽誰呦 雷宗哈西不休
i.ro*.ji/ma.se.yo//ne*ng.jo*ng.ha.sip.ssi.o
別這樣，冷靜一點。

더 이상 변명하지 마세요.
投 衣商 匹呦恩謬哈基 媽誰呦
do*/i.sang/byo*n.myo*ng.ha.ji/ma.se.yo
別再找藉口了。

저는 당신의 의견과 같습니다.
醜能 糖新耶 衣可呦恩刮 卡森你答
jo*.neun/dang.si.nui/ui.gyo*n.gwa/gat.sseum.
ni.da
我和你的意見一樣。

이렇게 결정합시다.
衣囉K 可呦兒終哈西答
i.ro*.ke/gyo*l.jo*ng.hap.ssi.da
就這樣決定吧。

네 말이 맞아.
你 馬里 馬炸
ne/ma.ri/ma.ja
你說得對。

그건 절대 안 돼요.
可拱 醜兒貼 安 對呦
geu.go*n/jo*l.de*/an/dwe*.yo
那是絕對不可以的。

Chapter 8
人際關係

交朋友

相關例句

안녕하세요. 처음 뵙겠습니다.
安妞哈誰呦 抽恩 配給森你答
an.nyo*ng.ha.se.yo//cho*.eum/bwep.get.sseum.ni.da
您好，初次見面。

저는 박미연입니다. 만나서 반갑습니다.
醜能 怕米庸影你答 蠻那搜 盤嘎森你答
jo*.neun/bang.mi.yo*.nim.ni.da//man.na.so*/ban.gap.sseum.ni.da
我是朴美妍，很高興見到您。

한국에 온 지 일년이 됐습니다.
憨估給 翁 基 衣兒妞你 腿森你答
han.gu.ge/on.ji/il.lyo*.ni/dwe*t.sseum.ni.da
我來韓國已經一年了。

당신은 어느 나라 사람입니까?
糖新能 喔呢 那拉 沙郎敏你嘎
dang.si.neun/o*.neu/na.ra/sa.ra.mim.ni.ga
你是哪國人？

많은 가르침 부탁합니다.
蠻能 卡了親 鋪他砍你答
ma.neun/ga.reu.chim/bu.ta.kam.ni.da
請多多指教。

제가 두 분을 소개하겠습니다.
賊嘎 吐 撲呢兒 搜K哈給森你答
je.ga/du/bu.neul/sso.ge*.ha.get.sseum.ni.da
我來介紹兩位。

저는 대만에서 왔습니다.
醜能 貼蠻耶搜 哇森你答
jo*.neun/de*.ma.ne.so*/wat.sseum.ni.da
我從台灣來的。

만나서 반갑습니다. 앞으로 많이 도와 주십시오.
蠻那搜 盤砍森你答 阿波囉 馬你 頭哇 租西不休
man.na.so*/ban.gap.sseum.ni.da//a.peu.ro/
ma.ni/do.wa/ju.sip.ssi.o
很高興認識你，往後請多幫助。

相關詞彙

친구
親古
chin.gu
朋友

외국 친구
圍估 親古
we.guk chin.gu
外國朋友

옛 친구
耶 親古
yet/chin.gu
老朋友

동료
同溜
dong.nyo
同事

동창
同昌
dong.chang
同學

친구를 사귀다
親古惹 沙虧答
chin.gu.reul/ssa.gwi.da
交朋友

Unit 2
招待

相關例句

오늘 저녁에 저희와 함께 식사하실래요?
喔呢 醜妞給 醜西哇 憨給 系沙哈西兒累呦
o.neul/jjo*.nyo*.ge/jo*.hi.wa/ham.ge/sik.ssa.ha.sil.le*.yo
今天晚上您要和我們一起用餐嗎？

초대해 주셔서 고마워요.
抽貼黑 組咻搜 口嗎我呦
cho.de*.he*/ju.syo*.so*/go.ma.wo.yo
謝謝你的招待。

어서 들어오십시오.
喔搜 特囉喔系不休
o*.so*/deu.ro*.o.sip.ssi.o
快請進。

여기에 오시는 데 고생하지 않으셨어요?
呦可衣耶 喔西能 貼 溝先恩哈基 安呢休搜呦
yo*.gi.e/o.si.neun/de/go.se*ng.ha.ji/a.neu.syo*.sso*.yo
來這裡很辛苦吧？

일부러 선물을 가져 올 필요는 없습니다.
衣兒撲囉 松木惹 卡糾 喔兒 匹溜能 喔森你答
il.bu.ro*/so*n.mu.reul/ga.jo*/ol/pi.ryo.neun/o*p.sseum.ni.da
不需要特地帶禮物過來。

사양하지 마시고 더 드십시오.
沙央哈基 馬西溝 投 特西不休
sa.yang.ha.ji/ma.si.go/do*/deu.sip.ssi.o
不要客氣，多吃一點。

식사를 대접하고 싶은데요.
系沙惹 貼走怕溝 西噴貼呦
sik.ssa.reul/de*.jo*.pa.go/si.peun.de.yo
我想請你吃飯。

뭐 좀 마실래요?
摸 綜 媽西兒累呦
mwo/jom/ma.sil.le*.yo
你要喝點什麼嗎？

편하게 앉으세요.
匹呦那給 安資誰呦
pyo*n.ha.ge/an.jeu.se.yo
隨便坐。

커피 한 잔 하시겠어요?
口匹 憨 髒 哈西給搜呦
ko*.pi/han/jan/ha.si.ge.sso*.yo
要不要來杯咖啡？

커피에 설탕과 크림을 넣어 드릴까요?
口匹耶 搜兒湯刮 可裡悶兒 樓喔 特里兒嘎呦
ko*.pi.e/so*l.tang.gwa/keu.ri.meul/no*.o*/deu.ril.ga.yo
咖啡要幫你加糖和奶油嗎？

음료는 어떻습니까?
恩溜能 喔豆森你嘎
eum.nyo.neun/o*.do*.sseum.ni.ga
要喝飲料嗎？

어서 드세요.
喔搜 特誰呦
o*.so*/deu.se.yo
快請用。

필요한 게 있으면 말씀하세요.
匹溜憨 給 衣思謬恩 馬兒森媽誰呦
pi.ryo.han/ge/i.sseu.myo*n/mal.sseum.ha.se.yo
有需要什麼跟我說。

좋아하지 않으시면 남기세요.
醜阿哈基 安呢西謬恩 男可衣誰呦
jo.a.ha.ji/a.neu.si.myo*n/nam.gi.se.yo
如果不喜歡吃就剩下來。

고기를 좀 더 드시겠어요?
口可依惹 綜 投 特西給搜呦
go.gi.reul/jjom/do*/deu.si.ge.sso*.yo
還要再吃點肉嗎？

또 오세요.
豆 喔誰呦
do/o.se.yo
下次再來喔！

相關詞彙

초대
抽貼
cho.de*
招待

방문
旁目恩
bang. mun
訪問

파티
趴踢
pa.ti
派對（PARTY）

연회
庸灰
yo*n.hwe
宴會

특산물
特山目兒
teuk.ssan.mul
特產

선물
松木兒
so*n.mul
禮物

Unit 3

節日

相關例句

너 오늘 무슨 날인지 알아?
呢喔 喔呢 木神 那零基 阿拉
no*/o.neul/mu.seun/na.rin.ji/a.ra
你知道今天是什麼日子嗎？

오늘은 설날이에요.
喔呢冷恩 搜兒那里耶呦
o.neu.reun/so*l.la.ri.e.yo
今天是過年。

부모님께 세배 드렸어요.
撲摸您給 誰杯 特溜搜呦
bu.mo.nim.ge/se.be*/deu.ryo*.sso*.yo
向父母拜年了。

오늘이 무슨 명절입니까?
喔呢里 木森 謬恩走領你嘎
o.neu.ri/mu.seun/myo*ng.jo*.rim.ni.ga
今天是什麼節日？

오늘이 추석이에요.
喔呢里 粗搜可衣耶呦
o.neu.ri/chu.so*.gi.e.yo
今天是中秋節。

한국에서는 설날과 추석이 제일 큰 명절이에요.
憨估給搜能 搜兒那兒瓜 粗搜可衣 賊衣兒 坑 謬恩走里耶呦
han.gu.ge.so*.neun/so*l.lal.gwa/chu.so*.gi/je.il/keun/myo*ng.jo*.ri.e.yo
在韓國，過年和中秋節是最大的節日。

추석에 특별한 음식도 먹나요?
粗搜給 特匹呦郎 恩系豆 摸那呦
chu.so*.ge/teuk.byo*l.han/eum.sik.do/mo*ng.na.yo
中秋節會吃什麼特別的飲食嗎？

相關詞彙

설날
搜兒那兒
so*l.lal
春節

대보름
貼波冷
de*.bo.reum
元宵

추석
促搜
chu.so*k
中秋節

단오절
談喔醜兒
da.no.jo*l
端午節

청명절
聽謬恩醜兒
cho*ng.myo*ng.jo*l
清明節

한글날
憨科兒那兒
han.geul.lal
韓文節

어린이날
喔林衣那兒
o*.ri.ni.nal
兒童節

스승의 날
思生耶 那兒
seu.seung.ui/nal
教師節

크리스마스
可里思馬思
keu.ri.seu.ma.seu
聖誕節

부활절
鋪花兒醜兒
bu.hwal.jo*l
復活節

석가탄신일
搜卡彈新衣兒
so*k.ga.tan.si.nil
佛誕日

어버이날
喔波衣那兒
o*.bo*.i.nal
父母節

제헌절
賊哄醜兒
je.ho*n.jo*l
制憲節

개천절
K聰醜兒
ge*.cho*n.jo*l
開天節

婚喪喜慶

相關例句

결혼식에 와주셔서 정말 감사합니다.
可呦龍西給 娃租休搜 寵媽兒 砍殺憨你答
gyo*l.hon.si.ge/wa.ju.syo*.so*/jo*ng.mal/gam.sa.ham.ni.da
真謝謝你來參加婚禮。

두 분 행복하길 바랍니다.
吐 鋪恩 黑恩鋪卡可衣兒 怕郎你答
du/bun/he*ng.bo.ka.gil/ba.ram.ni.da
祝兩位能幸福美滿。

신부가 참 아름답습니다.
新噗嘎 餐 阿冷答森你答
sin.bu.ga/cham/a.reum.dap.sseum.ni.da
新娘真美。

신혼 여행은 어디로 갈 예정이에요?
新哄 呦黑恩恩 喔滴囉 卡兒 耶宗衣耶呦
sin.hon/yo*.he*ng.eun/o*.di.ro/gal/ye.jo*ng.i.e.yo
你預計新婚旅行要去哪？

정말 잘 어울리는 한 쌍이군요.
寵媽兒 插兒 喔烏兒里能 憨 三衣古妞
jo*ng.mal/jjal/o*.ul.li.neun/han/ssang.i.gu.nyo

真是很相配的一對啊！

신부와는 어떻게 아시는 사이세요?
新鋪哇能 喔豆K 阿西能 沙衣誰呦
sin.bu.wa.neun/o*.do*.ke/a.si.neun/sa.i.se.yo
你跟新娘是怎麼認識的啊？

신부와 같은 회사에 다녀요.
新鋪哇 卡騰 灰沙耶 他妞呦
sin.bu.wa/ga.teun/hwe.sa.e/da.nyo*.yo
我和新娘在同一家公司上班。

결혼식에 참석해 주셔서 기뻐요.
可呦龍西給 餐搜K 租休搜 可衣波呦
gyo*l.hon.si.ge/cham.so*.ke*/ju.syo*.so*/gi.bo*.yo
你來參加婚禮我很高興。

힘든 시간이시겠어요.
西恩登 西咖你西給搜呦
him.deun/si.ga.ni.si.ge.sso*.yo
您一定很難過吧。

우리 모두 가슴 아파하고 있습니다.
烏里 摸度 卡森 阿怕哈溝 衣森你答
u.ri/mo.du/ga.seum/a.pa.ha.go/it.sseum.ni.da
我們都很悲痛。

위로해 주셔서 감사합니다.
威囉黑 租休搜 砍殺憨你答
wi.ro.he*/ju.syo*.so*/gam.sa.ham.ni.da
謝謝你的安慰。

제가 뭐 도울 일이라도 있을까요?
賊嘎 摸 投烏兒 衣里拉豆 衣奢嘎呦
je.ga/mwo/do.ul/i.ri.ra.do/i.sseul.ga.yo
我能幫你什麼嗎？

아주 슬픈 소식이 있어요.
啊租 奢兒噴 搜西可衣 衣搜呦
a.ju/seul.peun/so.si.gi/i.sso*.yo
是個很悲傷的消息。

정말 슬픈 일이군요. 그 분은 정말 좋은 사람이었는데요.
寵媽兒 奢兒噴 衣里古妞 科 鋪能 寵媽兒 醜恩 沙郎咪喔能爹呦
jo*ng.mal/sseul.peun/i.ri.gu.nyo//geu/bu.neun/jo*ng.mal/jjo.eun/sa.ra.mi.o*n.neun.de.yo
真是很難過的事，他真的是一位很好的人。

장례식이 언제인지 아세요?
長勒西可衣 翁賊因基 啊誰呦
jang.nye.si.gi/o*n.je.in.ji/a.se.yo
你知道葬禮是什麼時候嗎？

장례식이 언제, 그리고 어디서 거행되나요?
髒累西可衣 翁賊 可里溝 喔滴搜 溝黑恩腿那呦
jang.nye.si.gi/o*n.je//geu.ri.go/o*.di.so*/go*.he*ng.dwe.na.yo
葬禮是什麼時候，在什麼地方舉行？

相關詞彙

청첩장
聽抽髒恩
cho*ng.cho*p.jjang
請帖

초대장
抽貼髒恩
cho.de*.jang
邀請函

신랑
新郎
sil.lang
新郎

신부
新撲
sin.bu
新娘

결혼상대
可呦龍商貼
gyo*l.hon.sang.de*
結婚對象

혼인 신고
哄因 新口
ho.nin sin.go
結婚登記

혼인증서
哄因爭搜
ho.nin.jeung.so*
結婚證書

결혼반지
可呦龍盤基
gyo*l.hon.ban.ji
結婚戒指

부케
撲K
bu.ke
婚禮花束

입관식
衣寬係
ip.gwan.sik
入棺儀式

Unit 5
感謝／道歉

相關例句

이렇게 도와줘서 고마워요.
衣囉K 投哇左搜 口媽我呦
i.ro*.ke/do.wa.jwo.so*/go.ma.wo.yo
謝謝你這樣幫我。

고맙습니다.
口媽森你答
go.map.sseum.ni.da
謝謝你。

대단히 감사합니다.
貼談西 砍殺憨你答
de*.dan.hi/gam.sa.ham.ni.da
非常謝謝你。

가르쳐 주셔서 감사합니다.
卡了秋 租休搜 砍殺憨你答
ga.reu.cho*/ju.syo*.so*/gam.sa.ham.ni.da
謝謝您的指導。

뭐라고 감사해야 할 지 모르겠어요.
摸拉溝 砍殺黑呀 哈兒 基 摸了給搜呦
mwo.ra.go/gam.sa.he*.ya/hal/jji/mo.reu.ge.sso*.yo
不知道該說什麼感謝你。

별것 아니에요.
匹呦兒狗 啊你耶呦
byo*l.go*t/a.ni.e.yo
沒什麼。

천만에요.
蔥轡內呦
cho*n.ma.ne.yo
不客氣。

감사할 것 없습니다.
砍殺哈兒 狗 喔森你答
gam.sa.hal/go*t/.o*p.sseum.ni.da
不需道謝。

별 말씀을요.
匹呦兒 媽兒森們溜
byo*l/mal.sseu.meu.ryo
哪裡的話。

도움이 되어서 정말 기쁩니다.
投烏咪 腿喔搜 寵馬兒 可依奔你答
do.u.mi/dwe.o*.so*/jo*ng.mal/gi.beum.ni.da
很高興能幫上你的忙。

땡큐.
爹可U
de*ng.kyu
謝謝。

제가 실수를 했어요. 정말 죄송합니다.
賊嘎 西兒酥惹 黑搜呦 寵馬兒 璀松憨你答
je.ga.sil.su.reul.he*.sso*.yo//jo*ng.mal.jjwe.song.ham.ni.da
我失誤了，真的很抱歉。

정말 죄송합니다.
寵媽兒 璀松憨你答
jo*ng.mal/jjwe.song.ham.ni.da
真的很抱歉。

대당히 죄송합니다.
貼單西 璀松憨你答
de*.dang.hi/jwe.song.ham.ni.da
非常抱歉。

지난번에는 미안했어요.
妻男崩耶能 咪安嘿搜呦
ji.nan.bo*.ne.neun/mi.an.he*.sso*.yo
上次很抱歉。

제 사과를 받아주십시오.
賊 沙瓜惹 怕答組西不休
je/sa.gwa.reul/ba.da.ju.sip.ssi.o
請接受我的道歉。

용서해 주세요.
傭捜黑 組誰呦
yong.so*.he*/ju.se.yo
原諒我吧！

죄송합니다. 괜찮으세요?
璀松憨你答 虧餐呢誰呦
jwe.song.ham.ni.da//gwe*n.cha.neu.se.yo
對不起，你還好嗎？

밤 늦게 전화해서 죄송합니다.
盤呢給 重花黑捜 璀松憨你答
bam.neut.ge/jo*n.hwa.he*.so*/jwe.song.ham.ni.da
抱歉這麼晚打給你。

괜찮아요.
虧餐那呦
gwe*n.cha.na.yo
沒關係。

신경 쓰지 마세요.
新可呦恩 思基 馬誰呦
sin.gyo*ng/sseu.ji./ma.se.yo
別放在心上。

사과하실 필요 없어요.
沙瓜哈西兒 匹溜 喔搜呦
sa.gwa.ha.sil/pi.ryo/o*p.sso*.yo
你不需要道歉。

당신의 잘못이 아닙니다.
談新耶 插兒目西 啊您你答
dang.si.nui/jal.mo.si/a.nim.ni.da
這不是你的錯。

相關詞彙

고맙다
口媽答
go.map.da
感謝

감사하다
砍殺哈答
gam.sa.ha.da
感謝

죄송하다
璀松哈答
jwe.song.ha.da
抱歉／對不起

미안하다
咪安哈答
mi.an.ha.da
對不起

사과하다
沙瓜哈答
sa.gwa.ha.da
道歉

용서하다
勇搜哈答
yong.so*.ha.da
饒恕／原諒

相關例句

두 분의 결혼을 진심으로 축하합니다.
吐 撲內 可喲龍呢兒 金新們囉 粗卡砍你答
du/bu.nui/gyo*l.ho.neul/jjin.si.meu.ro/chu.ka.ham.ni.da
真心祝賀兩位結婚。

딸의 출생을 축하합니다.
答耶 粗兒先兒 粗咖砍你答
da.rui/chul.se*ng.eul/chu.ka.ham.ni.da
恭喜你生了個女兒。

새 식구가 생긴 것을 축하합니다.
誰 系估嘎 先金 狗奢 粗卡憨你答
se*/sik.gu.ga/se*ng.gin/go*.seul/chu.ka.ham.ni.da
恭喜你多了個新的家庭成員。

건강하고 예쁜 딸을 낳았다는 소식을 들었습니다.
恐剛哈溝 耶奔 答惹 那阿答能 搜系哥兒 特囉森你答
go*n.gang.ha.go/ye.beun/da.reul/na.at.da.neun/so.si.geul/deu.ro*t.sseum.ni.da
我聽說你生了個健康又漂亮的女兒。

아기가 건강하기를 바랍니다.
啊可依嘎 恐康哈可依惹 怕郎你答
a.gi.ga/go*n.gang.ha.gi.reul/ba.ram.ni.da
祝福孩子能夠健健康康。

엄마가 된 것을 축하합니다.
翁媽嘎 推 溝奢 粗卡憨你答
o*m.ma.ga/dwen/go*.seul/chu.ka.ham.ni.da
恭喜你當媽媽了。

건강한 아들을 얻으셨다니 기쁩니다.
恐剛憨 阿的惹 喔的休答你 可衣奔你答
go*n.gang.han/a.deu.reul/o*.deu.syo*t.da.ni/
gi.beum.ni.da
你多了個健康的兒子，我真高興。

생일 축하합니다.
先衣兒 粗咖砍你答
se*ng.il/chu.ka.ham.ni.da
生日快樂。

취직을 축하합니다.
去寄哥兒 促咖砍你答
chwi.ji.geul/chu.ka.ham.ni.da
恭喜你找到工作。

진심으로 축하드립니다.
金新悶囉 粗卡特林你答
jin.si.meu.ro/chu.ka.deu.rim.ni.da
真心恭喜你。

성공을 축하드립니다.
松空兒 粗卡特零你答
so*ng.gong.eul/chu.ka.deu.rim.ni.da
恭喜你成功。

대학원을 졸업했다고 들었어요. 축하해요.
貼哈果呢兒 醜囉配答溝 特囉搜呦 粗卡黑呦
de*.ha.gwo.neul/jjo.ro*.pe*t.da.go/deu.ro*.sso*.yo//chu.ka.he*.yo
聽說你研究所畢業了，恭喜你。

덕분이에요.
透鋪你耶呦
do*k.bu.ni.e.yo
託你的福氣。

졸업 축하해요!
醜囉 促卡黑呦
jo.ro*p/chu.ka.he*.yo
恭喜你畢業！

행운을 빕니다.
黑恩溫兒 拼你答
he*ng.u.neul/bim.ni.da
祝你好運！

부디 건강하시고 행복하세요.
鋪踢 空剛哈西溝 黑兒波卡誰呦
bu.di/go*n.gang.ha.si.go/he*ng.bo.ka.se.yo
祝您健康幸福。

새해 복 많이 받으십시오.
誰黑 鋪 蠻你 怕特西不休
se*.he*/bok/ma.ni/ba.deu.sip.ssi.o
新年快樂！

Chapter 9
基礎韓語會話

Track 72

안녕하세요.
安妞哈誰呦
an.nyo*ng.ha.se.yo
您好。／你好。

좋은 아침입니다.
醜恩 阿沁影你答
jo.eun/a.chi.mim.ni.da
早安。

예./아니요.
耶／阿逆呦
ye//a.ni.yo
是。／不是。

그렇습니다.
可囉森你答
geu.ro*.sseum.ni.da
是的。

정말입니다.
籠媽領你答
jo*ng.ma.rim.ni.da
真的。

좋습니다.
醜森你答
jo.sseum.ni.da
好。

Track 73

알았습니다.
阿拉森你答
a.rat.sseum.ni.da
我知道了。

모르겠습니다.
摸了給森你答
mo.reu.get.sseum.ni.da
我不知道。

저는 이해하지 못하겠습니다.
醜能 衣黑哈基 摸他給森你答
jo*.neun/i.he*.ha.ji/mo.ta.get.sseum.ni.da
我不太明白。

먼저 실례하겠습니다.
盟走 西兒累哈給森你答
mo*n.jo*/sil.lye.ha.get.sseum.ni.da
我先離開了。

괜찮습니다.
虧餐森你答
gwe*n.chan.sseum.ni.da.
沒關係。

실례지만
西兒累基慢
sil.lye.ji.man
請問…。

Track 74

만나서 반갑습니다.
蠻那搜 盤嘎森你答
man.na.so*/ban.gap.sseum.ni.da
很高興認識你。

이거 얼마예요?
衣狗 喔兒媽耶呦
i.go*/ o*l.ma.ye.yo
這個多少錢？

무슨 일이십니까?
木神 衣里新你嘎
mu.seun/i.ri.sim.ni.ga
你有什麼事嗎？

어떻게 갑니까?
喔都K 砍你嘎
o*.do*.ke/gam.ni.ga
怎麼走？

뭘 먹고 싶어요?
摸兒 摸溝 西波呦
mwol/mo*k.go/si.po*.yo
你想吃什麼？

잘 먹겠습니다.
插兒 摸給森你答
jal/mo*k.get.sseum.ni.da
開動了。

Track 75

이건 무슨 뜻입니까?
衣拱 木神 的新你嘎
i.go*n/mu.seun/deu.sim.ni.ga
這是什麼意思？

왜 그렇습니까?
為 可囉森你嘎
we*/geu.ro*.sseum.ni.ga
為什麼呢？

이것은 무엇입니까?
衣狗神 木喔新你嘎
i.go*.seun/mu.o*.sim.ni.ga
這是什麼？

정말 재미있어요.
寵媽兒 賊咪衣搜呦
jo*ng.mal/jje*.mi.i.sso*.yo
真的很有趣。

여기가 어디입니까?
呦可衣嘎 喔滴影你嘎
yo*.gi.ga/o*.di.im.ni.ga
這裡是哪裡？

누구세요?
努姑誰呦
nu.gu.se.yo
你是誰？

Track 76

잘 모르겠어요.
插兒 摸了給搜呦
jal/mo.reu.ge.sso*.yo.
我不太清楚。

필요 없어요.
匹溜 喔不搜呦
pi.ryo/o*p.sso*.yo
不需要。

오늘 날씨가 어때요?
喔呢兒 那兒西嘎 喔鐵呦
o.neul/nal.ssi.ga/o*.de*.yo
今天的天氣如何？

전화해 주세요.
重花黑 組誰呦
jo*n.hwa.he*/ju.se.yo
請打電話給我。

오늘은 며칠이에요?
喔呢愣 謬七里耶呦
o.neu.reun/myo*.chi.ri.e.yo
今天幾號？

알아들어요?
阿拉特囉呦
a.ra.deu.ro*.yo
你聽得懂嗎？

서둘러야 합니다.
搜兔兒囉呀 憨你答
so*.dul.lo*.ya/ham.ni.da
必須快點。

다시 말씀해 주세요.
他西 媽兒森妹 租誰呦
da.si/mal.sseum.he*/ju.se.yo
請你再說一次。

좀 천천히 말씀해 주세요.
綜 匆匆西 媽兒森黑 租誰呦
jom/cho*n.cho*n.hi/mal.sseum.he*/ju.se.yo
請慢慢說。

전 그렇게 생각하지 않습니다.
重 可囉K 先嘎卡基 安森你答
jo*n/geu.ro*.ke/se*ng.ga.ka.ji/an.sseum.ni.da
我不那麼想。

저도 그렇게 생각합니다.
醜豆 可囉K 先嘎砍你答
jo*.do/geu.ro*.ke/se*ng.ga.kam.ni.da
我也是那麼想。

물 좀 주시겠습니까?
木 綜 租西給森你嘎
mul/jom/ju.si.get.sseum.ni.ga
可以給我水嗎？

Track 78

펜을 빌릴 수 있을까요?
陪呢兒 匹兒里兒 酥 衣奢嘎呦
pe.neul/bil.lil/su/i.sseul.ga.yo
可以借我筆嗎？

잘 들리지 않습니다.
插兒 特兒里基 安森你答
jal/deul.li.ji/an.sseum.ni.da
我聽不清楚。

무슨 말씀이세요?
木神 媽兒森咪誰呦
mu.seun/mal.sseu.mi.se.yo
您說這話是什麼意思？

제 말을 이해하시겠습니까?
賊 媽惹 衣黑哈西給森你嘎
je/ma.reul/i.he*.ha.si.get.sseum.ni.ga
您懂我的意思嗎？

미안하지만, 이해하지 못하겠습니다.
咪安那基慢 衣黑哈基 摸他給森你答
mi.an.ha.ji.man/i.he*.ha.ji/mo.ta.get.sseum.ni.da
對不起，我不懂。

이쪽으로 오십시오.
衣走可囉 喔西不休
i.jjo.geu.ro/o.sip.ssi.o
請往這裡走。

오늘은 정말 즐거웠습니다.
喔呢愣 寵媽兒 遮兒溝我森你答
o.neu.reun/jo*ng.mal/jjeul.go*.wot.sseum.ni.da
今天真的很開心。

들어오십시오.
特囉喔吸不休
deu.ro*.o.sip.ssi.o
請進。

즐거운 하루 되십시오.
遮溝溫 哈嚕 腿西不休
jeul.go*.un/ha.ru/dwe.sip.ssi.o
祝你有個美好的一天。

제가 한국어를 잘 못합니다.
賊嘎 憨姑狗惹 插兒 摸貪你答
je.ga/han.gu.go*.reul/jjal/mo.tam.ni.da
我不太會講韓語。

태희 씨, 잘 부탁합니다.
貼西 系 插兒 鋪他砍你答
te*.hi//ssi/jal/bu.ta.kam.ni.da
泰熙小姐，麻煩你了。

요즘 어떻게 지냅니까?
呦贈 喔豆K 基內你嘎
yo.jeum/o*.do*.ke/ji.ne*m.ni.ga
你最近過得如何？

어머니께서도 안녕하십니까?
喔摸你給搜豆 安妞哈新你嘎
o*.mo*.ni.ge.so*.do/an.nyo*ng.ha.sim.ni.ga
你母親也安好嗎？

오래간만이에요.
喔累乾慢你耶呦
o.re*.gan.ma.ni.e.yo
好久不見。

잘 지내셨어요?
插兒 基內休搜呦
jal/jji.ne*.syo*.sso*.yo
你過得好嗎？

늦어서 정말 죄송합니다.
呢走搜 寵媽兒 崔松憨你答
neu.jo*.so*/jo*ng.mal/jjwe.song.ham.ni.da
對不起我來晚了。

사진 한 장 찍어 주세요.
沙金 憨 髒 基溝 租誰呦
sa.jin/han/jang/jji.go*/ju.se.yo
請幫我拍張照。

화장실이 어디예요?
花髒西里 喔滴耶呦
hwa.jang.si.ri/o*.di.ye.yo
廁所在哪裡？

Track 81

미안하지만 지하철역이 어디예요?
咪安那基慢 基哈醜溜可衣 喔滴耶呦
mi.an.ha.ji.man/ji.ha.cho*.ryo*.gi/o*.di.ye.yo
對不起，請問地鐵站在哪裡？

왜 싫어하세요?
為 西囉哈誰呦
we*/si.ro*.ha.se.yo
為什麼討厭呢？

여보세요?
呦播誰呦
yo*.bo.se.yo
喂？（電話用語）

성함이 어떻게 되세요?
松憨咪 喔都K 腿誰呦
so*ng.ha.mi/o*.do*.ke/dwe.se.yo
您尊姓大名？

전화번호가 몇 번입니까?
重花朋齁嘎 謬 崩影你嘎
jo*n.hwa.bo*n.ho.ga/myo*t/bo*.nim.ni.ga
你電話號碼幾號？

한번 드셔 보세요.
憨崩 特休 波誰呦
han.bo*n/deu.syo*/bo.se.yo
請吃看看。

환불은 어디에서 합니까?
歡鋪冷 喔滴耶搜 憨你嘎
hwan.bu.reun/o*.di.e.so*/ham.ni.ga
換錢在哪裡換？

지금 뭐 하고 있어요?
基跟恩 摸 哈溝 衣搜呦
ji.geum/mwo/ha.go/i.sso*.yo
你現在在做什麼？

가족은 몇 분이세요?
卡走跟 謬 鋪你誰呦
ga.jo.geun/myo*t/bu.ni.se.yo
你有幾個家人？

형제는 몇 분이세요?
呵呦恩賊能 謬 鋪你誰呦
hyo*ng.je.neun/myo*t/bu.ni.se.yo
你有幾個兄弟姊妹？

어디로 갈까요?
喔滴囉 卡兒嘎呦
o*.di.ro/gal.ga.yo
我們要去哪裡？

길이 많이 막혀요.
可衣里 媽你 媽可呦呦
gi.ri/ma.ni/ma.kyo*.yo
路上很塞。

배 고프세요?
陪 溝噴誰呦
be*/go.peu.se.yo
你肚子會餓嗎？

여기에 온 지 얼마 되었어요?
呦可衣耶 翁 基 喔兒媽 腿喔搜呦
yo*.gi.e/on/ji/o*l.ma/dwe.o*.sso*.yo
你來這裡多久了？

누구한테서 전화 왔어요?
努估憨貼搜 重花 哇搜呦
nu.gu.han.te.so*/jo*n.hwa/wa.sso*.yo
是誰打電話來？

저 분은 누구세요?
醜 鋪能 努姑誰呦
jo*/bu.neun/nu.gu.se.yo
那位是誰？

제 친구예요.
賊 親估耶呦
je/chin.gu.ye.yo
是我朋友。

좀 싼 것 없어요?
綜 三恩 狗 喔不搜呦
jom/ssan/go*t/o*p.sso*.yo
沒有便宜一點的嗎？

어디에 가요?
喔滴耶 卡呦
o*.di.e/ga.yo
你要去哪？

여기에서 멉니까?
呦可衣耶搜 猛你嘎
yo*.gi.e.so*/mo*m.ni.ga
離這裡遠嗎？

어제 무엇을 했어요?
喔賊 木喔奢 黑搜呦
o*.je/mu.o*.seul/he*.sso*.yo
你昨天在做什麼？

내일 뭘 할 거예요?
內衣兒 摸兒 哈兒 溝耶呦
ne*.il/mwol/hal/go*.ye.yo
你明天要做什麼？

어제 친구를 만났어요.
喔賊 親估惹 蠻那搜呦
o*.je/chin.gu.reul/man.na.sso*.yo
昨天見了朋友。

내일은 시내에 가려고요.
內衣冷 西內耶 卡溜溝呦
ne*.i.reun/si.ne*.e/ga.ryo*.go.yo
我明天想去市區。

어서 오세요. 뭐가 필요하세요?
喔搜 喔誰呦 摸嘎 匹溜哈誰呦
o*.so*/o.se.yo//mwo.ga/pi.ryo.ha.se.yo
歡迎光臨，你需要什麼？

어느 회사에서 일합니까?
喔呢 輝沙耶搜 衣郎你嘎
o*.neu/hwe.sa.e.so*/il.ham.ni.ga
你在哪間公司上班？

옷 가게에서 일합니다.
喔 卡給耶搜 衣郎你答
ot/ga.ge.e.so*/il.ham.ni.da
我在衣服店工作。

서울대학교는 어느 방향에 있습니까?
搜烏兒貼哈可呦能 喔呢 旁喝呀耶 衣森你嘎
so*.ul.de*.hak.gyo.neun/o*.neu/bang.hyang.e/
it.sseum.ni.ga
首爾大學在哪個方向？

지금 시간 있으세요?
基跟 吸乾 衣思誰呦
ji.geum/si.gan/i.sseu.se.yo
你現在有時間嗎？

우리 차나 한잔 할까요?
烏里 擦那 憨髒 哈兒嘎呦
u.ri/cha.na/han.jan/hal.ga.yo
我們去喝杯茶，好嗎？

오늘 어디에 갔었어요?
喔呢 喔滴耶 卡搜搜呦
o.neul/o*.di.e/ga.sso*.sso*.yo
你今天去哪裡了？

꼭 한번 가 보세요.
顧 憨崩 卡 波誰呦
gok/han.bo*n/ga/bo.se.yo
你一定要去看看。

그럼 어떡하죠?
可龍恩 喔都卡糾
geu.ro*m/o*.do*.ka.jyo
那該怎麼辦？

옷을 한 벌 사고 싶어요.
喔奢 憨 波兒 沙溝 西波呦
o.seul/han/bo*l/sa.go/si.po*.yo
我想買一套衣服。

오늘 날씨가 덥네요.
喔呢 那兒西嘎 頭內呦
o.neul/nal.ssi.ga/do*m.ne.yo
今天天氣很熱耶！

알겠습니다.
阿兒給森你答
al.get.sseum.ni.da
我知道了。

왜 밤을 세웠어요?
為 怕悶兒 誰我搜呦
we*/ba.meul/sse.wo.sso*.yo
為什麼要熬夜呢？

피곤하지 않으세요?
匹工哈基 安呢誰呦
pi.gon.ha.ji/a.neu.se.yo
你不累嗎？

감기에 걸린 것 같습니다.
砍可衣耶 口兒拎 狗 卡森你答
gam.gi.e/go*l.lin/go*t/gat.sseum.ni.da
我好像感冒了。

회사에 다닌 지 몇 년 되었나요?
灰沙耶 他您 基 謬 妞恩 腿喔那呦
hwe.sa.e/da.nin/ji/myo*t/nyo*n/dwe.o*n.na.yo
你上班有幾年了？

운전면허증 있어요?
溫宗謬齁蒸 衣搜呦
un.jo*n.myo*n.ho*.jeung/i.sso*.yo
你有駕照嗎？

Track 88

돈이 없어서 살 수 없어요.
同你 喔不搜搜 殺兒 酥 喔不搜呦
do.ni/o*p.sso*.so*/sal/ssu/o*p.sso*.yo
我沒有錢，所以沒辦法買。

저는 겨울이 좋아요.
醜能 可呦烏里 醜阿呦
jo*.neun/gyo*.u.ri/jo.a.yo
我喜歡冬天。

고향이 어디입니까?
口羊衣 喔滴影你嘎
go.hyang.i/o*.di.im.ni.ga
你的故鄉在哪裡？

주말에 뭘 했어요?
租媽累 摸兒 嘿搜呦
ju.ma.re/mwol/he*.sso*.yo
你周末在做什麼？

민호 씨가 아직 오지 않았어요.
民齁 系嘎 阿寄 喔基 安那搜呦
min.ho/ssi.ga/a.jik/o.ji/a.na.sso*.yo
民浩還沒來。

누구에게 줄 선물이에요?
努估耶給 租兒 松目里耶呦
nu.gu.e.ge/jul/so*n.mu.ri.e.yo
這是要送給誰的禮物？

신세 많았습니다.
新誰 蠻那森你答
sin.se/ma.nat.sseum.ni.da
給你添麻煩了。

나중에 또 오세요.
那尊耶 豆 喔誰呦
na.jung.e/do/o.se.yo
以後再來喔！

그는 제 남동생입니다.
科能 賊 男通先恩影你答
geu.neun/je/nam.dong.se*ng.im.ni.da
他是我弟弟。

이 소식을 그들에게 전해 주세요.
衣 搜系哥兒 可的累給 重內 租誰呦
i/so.si.geul/geu.deu.re.ge/jo*n.he*/ju.se.yo
請將這個消息傳達給他們。

이분은 제 아버님이십니다.
衣鋪能 賊 阿波你咪新你答
i.bu.neun/je/a.bo*.ni.mi.sim.ni.da
這位是我爸爸。

저 건물 보입니까?
醜 恐目兒 波影你嘎
jo*/go*n.mul/bo.im.ni.ga
有看到那棟建築嗎？

Track 90

무엇을 찾고 있습니까?
目喔奢 擦溝 衣森你嘎
mu.o*.seul/chat.go/it.sseum.ni.ga
你在找什麼？

크게 말하세요.
科給 媽拉誰呦
keu.ge/mal.ha.sse.yo
請大聲說。

실례합니다만 길 좀 물어도 됩니까?
西兒累憨你答慢 可衣兒 綜 目囉豆 腿你嘎
sil.lye.ham.ni.da.man/gil/jom./mu.ro*.do/dwem.ni.ga
不好意思，可以向你問路嗎？

전화 좀 써도 됩니까?
重花 綜 捜豆 腿你嘎
jo*n.hwa/jom/sso*.do/dwem.ni.ga
可以借用一下電話嗎？

거기까지 걸어서 갈 수 있습니까?
口可衣嘎基 口囉捜 卡兒 酥 衣森你嘎
go*.gi.ga.ji/go*.ro*.so*/gal/ssu./it.sseum.ni.ga
走路可以到那裡嗎？

저는 길을 잃었습니다.
醜能 可衣惹 衣囉森你答
jo*.neun/gi.reul/i.ro*t.sseum.ni.da
我迷路了。

창문을 열어 주세요.
倉木呢兒 呦囉 租誰呦
chang.mu.neul/yo*.ro*/ju.se.yo
請開窗戶。

문 닫고 빨리 들어오세요.
目恩 他溝 爸兒里 特囉喔誰呦
mun/dat.go/bal.li/deu.ro*.o.se.yo
把門關上，快點進來吧！

피곤하시면 집에 돌아가세요.
匹工哈西謬恩 幾杯 投拉卡誰呦
pi.gon.ha.si.myo*n/ji.be/do.ra.ga.se.yo
你累的話，就回家去吧。

이 약속을 잊지 마세요.
衣 呀搜哥兒 衣基 媽誰呦
i/yak.sso.geul/it.jji/ma.se.yo
不要忘記這個約定。

저는 대만에서 태어났어요.
醜能 貼慢內搜 貼喔那搜呦
jo*.neun/de*.ma.ne.so*/te*.o*.na.sso*.yo
我是在台灣出生的。

아주 먼 길이에요?
啊租 盟 可衣里耶呦
a.ju/mo*n/gi.ri.e.yo
路程很遠嗎？

오늘 기분이 참 좋아요.
喔呢 可衣鋪你 餐 醜阿呦
o.neul/gi.bu.ni/cham/jo.a.yo
今天的心情真好。

요즘 뭐 재미있는 것 없어요?
呦爭 摸 賊咪衣能 溝 喔不搜呦
yo.jeum/mwo/je*.mi.in.neun/go*t/o*p.sso*.yo
最近沒有什麼有趣的事嗎？

이것은 중요하지 않습니다.
衣狗神 尊呦哈基 安森你答
i.go*.seun/jung.yo.ha.ji/an.sseum.ni.da
這個不重要。

어디가 아프세요?
喔滴嘎 阿波誰呦
o*.di.ga/a.peu.se.yo
你哪裡不舒服嗎？

오늘은 제 생일입니다.
喔呢冷 賊 先恩衣領你答
o.neu.reun/je/se*ng.i.rim.ni.da
今天是我的生日。

Track 93

당신도 함께 갈 거예요?
談新豆 憨給 卡兒 溝耶呦
dang.sin.do/ham.ge/gal/go*.ye.yo
你也要一起去嗎？

내일 오전 9시에 만나요!
內衣兒 喔宗 阿夠西耶 蠻那呦
ne*.il/o.jo*n/a.hop.ssi.e/man.na.yo
明天上午九點見！

언제 서울에 오셨습니까?
翁賊 搜烏累 喔休森你嘎
o*n.je/so*.u.re/o.syo*t.sseum.ni.ga
您什麼時候來首爾的？

정말 그를 좋아해요?
寵媽兒 可惹 醜阿黑呦
jo*ng.mal/geu.reul/jjo.a.he*.yo
你真的喜歡他嗎？

천천히 운전하세요.
匆匆呵衣 溫宗哈誰呦
cho*n.cho*n.hi/un.jo*n.ha.se.yo
車開慢一點。

이건 좀 이상해요.
衣拱 綜 衣商黑呦
i.go*n/jom/i.sang.he*.yo
這個有點奇怪。

Track 94

더 먹고 싶어요.
投 摸溝 西波呦
do*/mo*k.go/si.po*.yo
還想再吃。

國家圖書館出版品預行編目資料

我的菜韓文. 基礎實用篇 / 雅典韓研所企編. -- 初版.
-- 新北市 : 雅典文化, 民101.09
面 ; 公分. -- (全民學韓語 ; 9)
ISBN 978-986-6282-65-2(平裝附光碟片)
1.韓語 2.會話
803.288 101012741

全民學韓語系列 09

我的菜韓文：基礎實用篇

編　　著／雅典韓研所
責任編輯／呂欣穎
美術編輯／林于婷
封面設計／劉逸芹

法律顧問：方圓法律事務所／涂成樞律師

總經銷：永續圖書有限公司
永續圖書線上購物網
www.foreverbooks.com.tw

CVS代理／美璟文化有限公司
TEL：(02) 2723-9968
FAX：(02) 2723-9668

出版日／2012年09月

雅典文化

出版社
22103 新北市汐止區大同路三段194號9樓之1
TEL (02) 8647-3663
FAX (02) 8647-3660

我的菜韓文：基礎實用篇

雅致風靡　典藏文化

親愛的顧客您好，感謝您購買這本書。即日起，填寫讀者回函卡寄回至本公司，我們每月將抽出一百名回函讀者，寄出精美禮物並享有生日當月購書優惠！想知道更多更即時的消息，歡迎加入"永續圖書粉絲團"

您也可以選擇傳真、掃描或用本公司準備的免郵回函寄回，謝謝。

傳真電話：（02）8647-3660　　電子信箱：yungjiuh@ms45.hinet.net

姓名：	性別：　□男　□女
出生日期：　年　月　日	電話：
學歷：	職業：　□男　□女
E-mail：	
地址：□□□	
從何處購買此書：	購買金額：　元
購買本書動機：□封面 □書名 □排版 □內容 □作者 □偶然衝動	
你對本書的意見： 內容：□滿意□尚可□待改進　編輯：□滿意□尚可□待改進 封面：□滿意□尚可□待改進　定價：□滿意□尚可□待改進	
其他建議：	

剪下後傳真、掃描或寄回至「22103新北市汐止區大同路3段194號9樓之1雅典文化收」

您可以使用以下方式將回函寄回。
您的回覆，是我們進步的最大動力，謝謝。

① 使用本公司準備的免郵回函寄回。
② 傳真電話：（02）8647-3660
③ 掃描圖檔寄到電子信箱：
yungjiuh@ms45.hinet.net

沿此線對折後寄回，謝謝。

廣　告　回　信
基隆郵局登記證
基隆廣字第056號

221-03

雅典文化事業有限公司　收
新北市汐止區大同路三段194號9樓之1

雅致風靡　典藏文化